Gordon DeMarco

Frisco Blues

Criminalroman

éditions trèves

Frisco Blues

CIP-Kurztitelaufnahme der Deutschen Bibliothek

DeMarco, Gordon:
Frisco Blues / Gordon DeMarco.
(Aus dem Amerikan. von Hans-Joachim Kann u. Frankie-Sue Kann).-
Trier: éditions trèves, 1986
Einheitssacht.: Frisco Blues <dt.>
(trèves & crime; Nr. 5)
ISBN 3-88081-205-5

NE: GT

Cover: é.t.
Übersetzung: HANS JOACHIM und FRANKIE SUE KANN

Auflage: 4. 3. 2.

Gordon DeMarco wuchs in Akron, Ohio auf. 1967 ging er nach San Francisco, um am dortigen State College zu studieren. 1968/69 nahm er am Studentenstreik teil und wurde Mitvorsitzender der liberalen Gruppe ,,Students for a Democratic Society" (SDS). Seitdem hat er sich u.a. als Tellerwäscher, Chauffeur, und Dockarbeiter durchgeschlagen, in einem Marionettenzentrum und als Aushilfslehrer gearbeitet.
Zu seinen Büchern zählen *Polish September* (über Solidarnosc), *The Canvas Prison* und *October Heat* (*Ein verdammt heißer Oktober*), letzteres erschienen in der Krimi-Reihe der éditions treves. Dort taucht der Privatdetektiv Riley Kovachs zum erstenmal auf. Vor kurzem hat DeMarco ein Theaterstück mit dem Titel *Who's Afraid of Abbis Hoffman* fertiggestellt.

1.

Ich saß an der Theke von Chat'n Chew, einem winzigen Restaurant an der Ecke Mission Street und 25. Straße. Gerade hatte ich einen Teller mit Eiern und Bratkartoffeln weggeputzt. Lucy, die Kellnerin, schenkte mir noch einmal Kaffee ein, als ich eine Stimme hinter mir hörte.

,,Mr. Kovachs?''

,,Ja'', sagte ich und drehte mich um. Sie war jung, vielleicht 22 oder höchstens 23. Ihre Haut hatte die Farbe von gerösteten Eßkastanienschalen, und die Frau war ganz in Schwarz gekleidet.

,,Mr. Kovachs'', sagte sie mit einer kleinen Stimme, die leicht zitterte. ,,Ich möchte gerne mit Ihnen sprechen. Bitte.''

Ich stand von meinem Hocker auf, nahm meine Tasse in die Hand und deutete mit einer Handbewegung auf eine der hinteren Sitzecken.

,,Wir können uns da drüben unterhalten'', sagte ich. ,,Hätten Sie gerne etwas Kaffee?'' Sie schüttelte den Kopf. In der Sitzecke saßen wir einander gegenüber. Es folgte eine kurze unangenehme Stille. ,,Wie kann ich Ihnen denn helfen, Fräulein?''

,,Ich bin kein Fräulein'', sagte sie und blickte auf die Handtasche in ihrem Schoß nieder. ,,Und jetzt bin ich auch keine Frau mehr'', fügte sie hinzu, und ihre Stimme verlor sich fast.

,,Ich fürchte, daß ich Sie da nicht ganz verstehe.''

Sie starrte weiterhin ihre Handtasche an. ,,Ich heiße Ruby Jones. Mein Mann war Chet Jones.''

,,War?''

,,Er ist tot, Mr. Kovachs.'' Ruby Jones griff in die Handtasche und zog ein kleines weißes Taschentuch heraus, das sie sich vor die Augen hielt. Sie schluchzte leise.

,,Mein Beileid, Mrs. Jones.''

Einen Moment lang saß Ruby Jones da und hielt die Augen bedeckt. Es war alles sehr peinlich. Dann putzte sie sich die Nase und gewann ihre Fassung wieder, als ob es die letzten Minuten niemals gegeben hätte.

,,Ich muß mich entschuldigen, Mr. Kovachs. Ich komme nämlich grade vom Friedhof.''
Ich hielt die Hände hoch. ,,Sie brauchen mir gar nichts zu erklären, Mrs. Jones.''
,,Die haben gesagt, es wäre seine Schuld gewesen, Mr. Kovachs. Die haben gesagt, Chet hat nicht aufgepaßt, deshalb ist er abgestürzt.''
,,Es tut mir leid, Mrs. Jones, aber ich kann Ihnen da nicht richtig folgen. Was wollen Sie mir denn erzählen?''
Lucy kam zu uns rüber und goß mir noch eine Tasse ein, ohne daß ich sie darum gebeten hätte. Ich schüttelte eine Chesterfield aus meiner Hemdtasche und zündete sie an.
,,Chet hat auf der Pacific-Werft gearbeitet, Mr. Kovachs. Er hat damals grade von einem Schaukelsitz aus einen Schiffsrumpf angemalt. Der Sitz ist kaputt gegangen, und er ist 20 Meter runter auf den Pier gefallen. Die Ärzte haben gesagt, er hätte sich den Hals gebrochen. Die Firma hat gesagt, Chet wäre schuld gewesen. Die haben gesagt, die Arbeit wäre neu für ihn gewesen, und er hätte nicht richtig mit den Seilen von dem Schaukelsitz umgehen können.''
,,Das haben Sie denen doch nicht abgekauft, Mrs. Jones, oder?''
,,Mr. Kovachs, Chet wußte so ungefähr alles über Schiffe. Auch wenn für ihn diese Arbeit neu war, er wußte schon, wie man mit einem Seil umgeht. Aber es war alt und gerissen. Die Firma ist schuld dran.''
Ich nahm einen Schluck von Lucys Kaffee und bewegte ihn einen Moment in meinem Mund hin und her, bevor ich ihn hinunterschluckte.
,,Warum erzählen Sie mir denn das alles, Mrs. Jones?''
,,Ich brauche jemanden, der mir hilft, Mr. Kovachs. Ich muß zwei kleine Kinder ernähren. Chet und ich sind sehr glücklich zusammen gewesen, aber wir waren nicht besonders gut gestellt. Na ja, Sie wissen schon.''
,,Sie sollten sich an einen Rechtsanwalt wenden, wenn Sie eine Klage gegen die Werft einreichen wollen.''

,,Daran habe ich schon gedacht, Mr. Kovachs, aber was ich brauche, das ist jemand, der, na ja, Sie wissen schon, Beweismaterial gegen diese Firma finden kann, bevor ich damit zum Gericht gehe. Ich habe schon mit dem Rechtsanwalt von der Gewerkschaft gesprochen - Chet hat in der Lagerabteilung gearbeitet -, und der hat mir gesagt, daß sie schon seit Jahren versuchen, die Firma mit irgendwas festzunageln, daß es ihnen aber noch nie gelungen ist. Er hat mir gesagt, es würde Jahre kosten, und ich würde dann wahrscheinlich verlieren.''

,,Nicht grade besonders ermutigend, oder?''

,,Mr. Kovachs, Chet ist gestorben, weil die Firma einfach zu verdammt sparsam war, um ihre Ausrüstung in Schuß zu halten. Chet hat mir das selbst fast jeden Tag gesagt. ‚Eines Tages, Ruby,' hat er mir immer wieder gesagt, ‚erwischt's da jemand'.'' Ihre Stimme verlor sich wieder in der Ferne.

,,Ich sehe gar nicht so recht, was ich da machen kann, Mrs. Jones.''

,,Mr. Kovachs, ich habe zwei kleine Kinder, habe keine Arbeit und auch keine Familie, die mir hilft. Ich meine, die Firma hat mir gegenüber eine Verantwortung. Verdammt noch mal, die haben noch nicht mal gesagt, daß es ihnen leid getan hat.'' Ein Alarmsignal blitzte in Ruby Jones' Augen auf. In ihr spielte ein Feuer, das außer Kontrolle geriet.

,,Warum sind Sie denn ausgerechnet zu *mir* gekommen, Mrs. Jones?''

,,Unten beim ILWU sind Sie dafür bekannt, daß man Ihnen vertrauen kann. Ich hätte ja lieber jemanden von meiner Hautfarbe, der für mich arbeitet, und das auch Chet zuliebe, aber ich bin doch nicht verrückt. Ein Schwarzer, der in einer Werft herumschnüffelt, um irgendein Vergehen der Firma herauszufinden, wie weit meinen Sie wohl, kommt der damit? Das wäre ein ganz schön toter Nigger, Mr. Kovachs, und mehr ist Chet für die auch nicht.''

,,Na ja, ich glaub schon, daß ich mich mal umgucken kann. Ich kenn da einen Schweißer, der für Pacific arbeitet. Vielleicht weiß der was. Ich versprech mir nicht viel davon, das will ich

Ihnen gleich sagen. Aber ein paar Fragen stellen kann ich ja.''
Ein Lächeln erschien auf Ruby Jones' Gesicht. ,,Vielen Dank, Mr. Kovachs. Man hat mir gesagt, daß ich mich auf Sie verlassen kann.''
,,Ich hab da wohl einen Fanclub, was? Wer hat Ihnen denn gesagt, daß ich Mr. Zuverlässig wär?''
,,Ach, ein paar von den Jungs unten im Gewerkschaftsraum. Ihr Name ist gefallen. Ich hab keine Fragen gestellt. Ich bin verzweifelt. Ich würde mich sogar mit Edgar Bergen und seiner Puppe Charley McCarthy unterhalten, wenn deren Namen fallen würden, aber die sind halt nicht erwähnt worden.''
,,Na ja, bei einem so außerordentlichen Vertrauensvotum, wie kann ich da noch ablehnen?''
Mrs. Jones öffnete ihre Handtasche und begann, darin herumzusuchen. ,,Wieviel bekommen Sie, Mr. Kovachs?''
Ich griff über den Tisch und zog ihre Hand aus der Tasche raus. ,,Jetzt hören Sie mal zu, ich hab gesagt, ich würd ein paar Fragen stellen, mehr nicht. Paar Fragen stellen kostet nichts.''
Mrs. Jones verzog ihr Gesicht. ,,Ich bin kein Fürsorgefall, Mr. Kovachs. Chet und ich, wir haben immer für alles bezahlt.''
,,Ja, aber jetzt gibt es keinen Chet mehr. Jetzt passen Sie mal auf, wenn ich irgendwas finde und wenn das Ihnen ein bißchen Versicherungsgeld von Pacific einbringt, dann sprechen wir drüber. Wie wär das?''
Ruby Jones lächelte mit ihren Augen. ,,Na ja, das könnte hinkommen, aber nur, wenn wir es schriftlich machen. Wie ich schon gesagt hab, ich bin kein Fürsorgefall, und ich will niemand haben, der für mich arbeitet, nur weil ich ihm leid tue.''
Ich wollte mich mit ihrem Stolz nicht anlegen und gestattete ihr, die Einzelheiten der Übereinkunft zwischen uns beiden zu formulieren. Sie ließ mich die Übereinkunft unterschreiben und datieren. Dann faltete sie sie zusammen und steckte sie in ihre Handtasche. Ich bat sie um die Namen einiger Freunde und Arbeitskollegen ihres Mannes. Ich sagte ihr, daß ich am

nächsten Morgen wieder mit ihr sprechen würde. Sie stand auf und verließ das Chat'n Chew. Ich beobachtete sie, wie sie über die Straße ging und einen Bus auf der Mission Street bestieg. Ich starrte noch ein paar Minuten lang aus dem Fenster. ,,Auf was hab ich mich denn da jetzt eingelassen?'' fragte ich den Serviettenring auf dem Tisch.

2.

Ich trank die beiden letzten Schlucke von Lucys Gebräu, bevor ich an die Arbeit ging. Ich fuhr runter zu den Werften von Pacific am Pier 50. Auf meiner Uhr war es 11.30 Uhr. Ich machte einen kleinen Spaziergang runter zu der Zugbrücke an der 3. Straße und wieder zurück, während ich darauf wartete, daß es zwölf Uhr tuten würde. Falls ich Bill Whitney, einen Freund aus alten Tagen, der bei Pacific Schweißer war, richtig kannte, dann mußte er einer der ersten sein, die durch das Tor kamen. Um 12 Uhr ertönte die Pfeife, und weniger als zwei Minuten später kam Whitney durch das Tor.

,,Bill!'' rief ich quer über die zehn Meter Pflaster und Kies, die uns trennten. Ohne seine Geschwindigkeit zu verringern, drehte er sich um, schaute in meine Richtung, hatte mich aber noch nicht erkannt. Ich hielt meine Hand hoch und rief erneut seinen Namen aus. In dem Moment war ich nur zehn Schritte entfernt und direkt vor ihm.

,,Riley!'' sagte er, echt erstaunt. ,,Was machst du denn hier unten? Heute nachmittag meinen Platz einnehmen, wie ich hoffe?''

,,Tut mir leid, alter Junge, so was nicht, fürcht ich.''

,,Ach, Mensch, mach schon'', sagte er und stieß mich zwischen die Rippen. ,,Ich laß dich sogar meine Schutzhaube benutzen.''

,,Na, das ist natürlich verführerisch'', sagte ich und tat so, als sei es mir todernst.
,,Dieses Schweißen soll doch zum Kuckuck gehen. Zum Kuckuck! Ich weiß noch nicht, ob ich von all dem Dreck, den ich in meine Lunge eingeatmet hab, umfallen oder mich einfach mit Hämorrhoiden zufrieden geben soll.''
Bill Whitney war die letzten sechs oder sieben Jahre Schweißer gewesen, und die letzten drei Jahre hatte er versucht, von der Arbeit wieder wegzukommen. Er behauptete, das Schweißen habe aus seinem Körper den eines Mannes gemacht, der 15 Jahre älter sei als die 35 Jahre, die er nun wirklich war. Manchmal sah er wirklich so aus.
,,Das hier ist ernst, Bill'', sagte ich. ,,Keine Zeit, um uns hinzusetzen und Erinnerungen über die Schweißarbeit auszutauschen.'' Ich deutete in die Richtung des Kai-Restaurants mit Imbiß-Stand, fünf Minuten von uns entfernt: ,,Mission Rock?''
,,Gut, gehn wir'', sagte er. ,,Je weiter wir von hier wegkommen, umso besser gefällt es mir.''
Über zwei polnischen Würsten, die Bill beide aß, und etwas Bier, erzählte ich ihm von meiner Unterhaltung mit Mrs. Ruby Jones. Er hörte aufmerksam zu, während er die Würste runterschlang, wobei gelegentlich Saft aufspritzte, wenn er in die Wursthaut hineinbiß. Ich fragte ihn, ob er irgendwas über Chet Jones' Tod wisse.
,,Is'n großer Pott, Riley'', sagte er und meinte die *Hawaii Princess,* das Schiff, an dem er arbeitete. Er wischte sich mit einer Papierserviette den Senf aus den Mundwinkeln und trank einen herzhaften Schluck Bier. ,,Da arbeiten bestimmt 300 Leute dran. Klar hab ich von dem Kerl gehört, der da von dem Sitz runtergefallen ist.''
,,Die Firma hat Mrs. Jones gesagt, ihr Mann wär neu gewesen und hätt nicht gewußt, wie man mit der Ausrüstung umgeht.''
,,Klar, was erwartest du, was die sagen? Jones war der dritte Mann, der in diesem Jahr bei Pacific umgekommen ist. Die andern beiden hatten zusammen 23 Jahre Erfahrung hinter sich.

Bei denen hat die Gesellschaft auch gesagt, daß sie nicht mit der Ausrüstung hätten umgehen können."

„Dieselbe alte Geschichte, was?"

„Ja. Die Arbeitsbedingungen da unten sind grausam. Sind es schon immer gewesen. Die Firma behauptet immer, daß Unfälle durch ‚menschliches Versagen' passieren. Beschissener Blödsinn, Riley, das menschliche Versagen sitzt in den verdammten Chefetagen da oben. Du und ich und die 300 anderen Kerls wissen das."

„Klingt ja nicht allzu gut für Mrs. Jones, oder? Sie versucht die Firma dazu zu bringen, ihr für den Tod ihres Mannes was zu bezahlen."

„Hab gehört, daß die Gewerkschaft einen Antrag gestellt hat. Aber die haben auch Anträge für die Witwen von Blaine und McIntire gestellt - die beiden Kerls, die vorher umgekommen sind -, und bis heute haben die noch keinen Dollar zu sehen bekommen. Na ja, vielleicht gewinnt sie vor Gericht, aber das könnte Jahre dauern."

„Das hat ihr der Rechtsanwalt von der Gewerkschaft auch gesagt. Blaine und McIntire - waren das Weiße?"

„Ja, worauf willst du denn raus?"

„Jones war Neger. Ich hab gedacht, da könnte vielleicht so was mit Diskriminierung im Spiel gewesen sein."

„Schwer zu sagen, Riley. Die lausigen Arbeitsbedingungen bei Pacific kennen keine Rassengrenzen." Bill Whitney trank den Rest seines Bieres. „Aber eins sag ich dir, irgendwas ist in der Werft im letzten Monat oder so passiert, irgendwas Schlimmes."

„Ja was denn?"

„Vorurteile haben Konjunktur. Du kennst doch die Geschichte der Kesselschweißer. Die hatten für Schwarze Lokalverbände, bis vor zwei Jahren. Also, da hat es 'n paar Vorfälle gegeben. Meistens so die üblichen Belästigungen, na, du weißt schon. So Weiße, die die farbigen Kerls dann ‚Nigger' nennen, so'n Zeug. Aber in der letzten Zeit ist eine ganze Menge davon passiert, und es kommt vor allen Dingen immer von der gleichen

Gruppe Rowdys, das sind so Gladiatorentypen, du weißt schon, so hartgesottene, die immer nach 'nem Grund für 'ne Schlägerei suchen."
„Ist dir bekannt, ob Chet Jones in irgendeinen dieser Vorfälle verwickelt war?"
„Kann ich nicht genau sagen, aber letzte Woche hat es beim Mittagessen einen großen Rummel gegeben. Fast jeder schwarze Arbeiter von der Werft war dran beteiligt. Die haben wie wild geschoben und gestoßen. Das hätt ganz schön schlimm werden können, du weißt schon, was ich damit sagen will." Bill Whitney stand von seinem Stuhl auf. „So, Riley, ich muß wieder zurück an die Arbeit, muß noch ein bißchen mehr von diesem wunderbaren Zeug einatmen, wenn ich meine Lunge so richtig kaputtmachen will."
„Noch eine allerletzte Sache, Bill. Vielleicht ist da auch gar nichts dran, aber ich möchte doch mit einigen von den schwarzen Arbeitern sprechen. Falls möglich, mit Freunden von dem Toten. Meinst du, du kannst das vermitteln?"
„Weiß nicht, wie ich schon gesagt hab, in der letzten Zeit hat es ziemlich viel Spannungen gegeben. Ich kenn aber diesen einen Kerl, Williams. Bevor die ganze Sache da angefangen hat, haben wir manchmal zusammen gegessen. Aber jetzt weiß ich nicht, ob er überhaupt mit mir sprechen wird, geschweige denn mit dir."
„Könntest du es denn mal versuchen?"
„Klar, ich versuch's schon. Riley, ich muß nun wirklich los. Es sei denn, du gehst auf mein Angebot ein. Die Schutzhaube." Er ließ seine Schweißerhaube vor mir hin und her baumeln und lächelte.
„Ich ruf dich so gegen sechs an."
„Spielverderber." Bill Whitney setzte seinen metallenen Schutzhelm auf, zündete sich eine Zigarette an, salutierte ganz schlampig und verließ den Laden.
Ich trank mein Bier aus, ging dann rüber zu dem öffentlichen Pier neben Mission Rock, wo man fischen konnte. Zwei Jungs, als kämen sie geradewegs aus *Huckleberry Finn,* saßen am

Rande des Piers, Strümpfe und Schuhe ausgezogen, die Hosen bis zu den Knien hochgekrempelt, mit langen Stecken zwischen den Beinen. Die Angelschnüre hingen schlaff in das schlammige Wasser der Bay. Die beiden schienen keine besondere Eile zu haben, einen Fisch zu fangen. Brachten einfach die Zeit ihrer Jugend hinter sich.
Ich blickte über das Wasser hin nach Oakland und Berkeley. Ein Steinbruch in East Oakland und der Campus der Universität waren das einzige, was ich durch den hellbraunen nebligen Dunst ausmachen konnte. Einen halben Kilometer weiter zum Pier hin, auf der Frisco-Seite der Bay, sah ich mir die *Hawaii Princess* an, die in der Werft von Pacific wie ein gestrandeter Wal lag. ,,Drei Todesfälle in weniger als einem Jahr'', brummte ich vor mich hin. Soviel zur Romantik der See.

3.

Ich verbrachte den frühen Nachmittag damit, mit einem der Rechtsanwälte der Schauergewerkschaft zu sprechen. Bezüglich Mrs. Jones' Chancen, eine Unfallrente von Pacific zu bekommen, sagte er mir nichts Neues. Er teilte mir mit, daß die Gewerkschaft eine Untersuchung der Todesfälle der drei Männer bei Pacific beantragt habe, aber da nur ein paar Männer von der ILWU in der Werft arbeiteten, war er nicht allzu optimistisch.
Seine Gewerkschaft und einige der Metallschiffbaugewerkschaften würden bei den nächsten Verhandlungen Sicherheit am Arbeitsplatz zum allerwichtigsten Thema machen. Er war überzeugt, daß sich die Verhältnisse bessern würden, nicht nur bei Pacific, sondern überall entlang der Küste. Das war schön und gut, aber das würde Mrs. Jones und ihren beiden vaterlosen Kindern nicht helfen, und das war ja mein Problem.

Bis zum Abend konnte ich nichts weiter unternehmen, also verbrachte ich den Rest des Nachmittags im Kino. Ich sah *Crossfire.* Eine Geschichte über Vorurteile und Antisemitismus. Robert Ryan spielte die Hauptrolle. Als Film war's keine dolle Sache, aber für Hollywood war's ziemlich starker Tobak, zumindest wenn man's mit der Masse vergleicht, die man sich so Jahr für Jahr ansieht an Cowboyschießereien und Fred Astaire-Musicals.

Nach sechs Uhr kam ich in meine Bude zurück und rief Bill Whitney an. Er sagte mir, er habe mit Williams gesprochen, aber die Sache liefe nicht allzu gut. Er sagte, die schwarzen Arbeiter seien in einer ziemlich aggressiven Stimmung und wollten wenig mit Weißen zu tun haben.

,,Im Moment ist die Stimmung hier unten ziemlich geladen'', sagte er. ,,Die ILWU versucht, das Ganze zu beruhigen. Morgen findet eine Versammlung der Vorarbeiter statt, die sich damit beschäftigt, aber so gut die Sache bisher für die Schauer auch aussieht, was das Rassenproblem betrifft, so sind sie doch nur eine kleine Gewerkschaft innerhalb der Werft, und außerdem braucht es nur ein paar Hitzköpfe, um das Ganze zur Explosion zu bringen.''

,,Und Williams?'' fragte ich. ,,Wird er mit mir sprechen?''

,,Er hat mir gesagt, er wolle mit niemandem sprechen. Aber er hat mir seine Telefonnummer gegeben. Es gibt also vielleicht eine Möglichkeit. Er ist ein guter Kerl, Riley, aber er ist gekränkt. All die schwarzen Arbeiter hier unten sind tief gekränkt. Und sie sind wütend.''

Whitney gab mir Williams' Telefonnummer. Ich sagte ihm, er solle mit mir in Verbindung bleiben. Dann drehte ich das Radio an und hörte mir den Rest von Gabriel Heater und die ersten paar Minuten des *Darts for Dough*-Quizprogramms an, bevor ich Williams anrief. Eine tiefkehlige Baritonstimme am anderen Ende sagte ,,Ja'', bevor das Telefon dreimal geklingelt hatte.

,,Mr. Williams?'', sagte ich.

,,Ja, wer is'n da?''

,,Mein Name ist Kovachs. Ich glaube, Bill Whitney hat mit Ihnen schon über mich gesprochen.''
,,Hmmh.''
,,Hat er Ihnen gesagt, daß ich für Chet Jones' Witwe arbeite?''
,,Hmmh.''
,,Sie wissen wahrscheinlich, daß die Firma sich weigert, irgendeine Unfallrente zu zahlen.''
,,Hmmh.''
,,Sie meint, ich könnte vielleicht irgendwas rausfinden, was beweist, daß die Firma für den Unfall ihres Mannes verantwortlich war.''
,,Hmmh.''
,,Mr. Williams, wissen Sie irgendwas über Chet Jones' Tod oder Namen von Unfallzeugen?''
,,War kein Unfall.'' Das Telefon wurde stumm.
Ich wählte erneut. Williams meldete sich. ,,Die Leitung wurde unterbrochen, Mr. Williams'', sagte ich.
,,Ich hab aufgelegt.''
,,Jetzt hören Sie mal her, Mr. Williams, ich weiß, daß das sehr unangenehm für Sie sein muß, aber ich möchte gerne Mrs. Jones helfen, falls ich das kann.''
,,Sie können ihr helfen, indem Sie Ihre Nase da raushalten, wo sie nichts zu suchen hat.'' Das Telefon war wieder stumm. Ich wählte Williams Nummer zum drittenmal. Ich ließ es 15mal läuten, bevor ich die offensichtliche Schlußfolgerung zog, daß Mr. Williams nicht mehr zu Hause war, jedenfalls nicht für mich.
Ich wollte das Ganze erst mal eine Weile vergessen, machte es mir gemütlich und freute mich auf einen Abend vor dem Radio mit Jimmy Durante, The Great Guildersleeve und vielleicht noch dem Mr. District Attorney-Programm. Aber irgendwas, was Williams gesagt hatte, hing noch ganz hinten in meinem Gehörgang fest. ,,War kein Unfall'', das waren seine genauen Worte. Meinte er ,kein Unfall' in dem Sinne, daß die Firma das in Kauf nahm und den Männern immer noch veraltete unsichere Ausrüstungen zumutete? Es war wahrscheinlich genau

das, was er meinte, aber ich konnte nur ganz sicher sein, wenn ich ein paar zusätzliche Sätze aus ihm herauskriegen konnte. Und das schien unwahrscheinlich.

Ich drehte das Radio leiser, verpaßte die letzte Strophe von *Ink-a-Dink-Do* und rief Mrs. Jones an. Ich erzählte ihr, ich sei nicht in der Lage gewesen, etwas herauszufinden, was sie hätte ermutigen können. Dann erzählte ich ihr von meiner Unterhaltung mit Williams, soweit das eine gewesen war, und sagte, es gebe eine ganz geringe Möglichkeit, daß er vielleicht etwas wisse, falls ich mich mit ihm unterhalten könne. Sie sagte, sie kenne ihn und würde ihn dazu bringen, mit mir zu sprechen. Sie war eine Frau mit viel Selbstvertrauen.

Ich hatte eigentlich erwartet, erst am folgenden Nachmittag wieder von ihr zu hören, aber Ruby Jones rief mich in weniger als einer Stunde an und sagte mir, ich solle in 20 Minuten zu ihr nach Hause kommen, Williams würde dort sein.

20 Minuten später klopfte ich an die Tür ihrer Wohnung im Fillmore District. Sie ließ mich ohne ein Wort ein und führte mich durch einen schmalen Korridor in ein kleines Wohnzimmer. Dort auf dem Sofa saß ein großer, muskulöser Schwarzer von etwa 45 Jahren. Seine Haut hatte die Farbe von Kaffee ohne irgendeinen Zusatz, und sein Gesicht war zerfurcht und ledrig wie ein Baumstamm.

,,Mr. Kovachs'', sagte Mrs. Jones, während sie zwischen mir und dem sitzenden Mann stand. ,,Dies ist Levi Williams.''

Ich streckte meine Hand aus, aber Williams saß einfach steif auf der Couch. ,,Ich bin nur hier wegen Ruby und der Kinder'', sagte er mürrisch.

,,Na, Levi!'' sagte Mrs. Jones. ,,Du hast doch versprochen, du würdest mir helfen.''

,,Ich bin doch hier, oder?'' sagte er.

,,Na ja, du kannst schon mal damit anfangen, indem du diese dumme Haltung aufgibst. Mr. Kovachs ist auch hier, um mir zu helfen.''

Ich hob meine Hand, um Ruby Jones zu unterbrechen. ,,Mr. Williams. Vorhin am Telefon haben Sie gesagt, daß Mr.

Jones' Tod kein Unfall gewesen wäre. Was haben Sie denn damit gemeint?''
Levi Williams schaute rüber zu Ruby Jones, dann zu mir und dann schließlich auf den Boden.
,,Na mach schon, Levi'', ließ Ruby Jones nicht locker. ,,Sag dem Mann, was du mir gesagt hast.''
Er schaute ihr einen Moment lang intensiv in die Augen, bevor er sich zu mir wandte. ,,Ich hab gesagt, daß Chet an keinem Unfall gestorben is, das hab ich gemeint. Er is umgebracht worden.''
,,Umgebracht?'' sagte ich. ,,Sie meinen ermordet?''
,,Is doch dasselbe, oder?''
,,Wie? Von wem?''
Levi Williams schaute Mrs. Jones an.
,,Mach weiter, Levi'', sagte sie. ,,Sag's ihm, sag ihm alles, was du mir gesagt hast.''
,,Jetzt kommandier nicht an mir rum, Frau'', sagte Levi Williams mit lauter werdender Stimme. Er nahm sich Zeit und griff in seine Mantelinnentasche nach einer Zigarette. ,,Gib mir Feuer, Ruby.'' Sie steckte ihre Hand in die Kleidertasche, nahm ein Heftchen Streichhölzer raus und gab sie ihm über die Sofalehne. Er riß sich ein Streichholz ab und zündete es an. Als die Zigarette brannte, war er bereit zu reden.
,,Also als erstes, Mister'', sagte er, ,,ich weiß nicht, wer Sie sind. Bill Whitney sagt, Sie wär'n okay, und Ruby hier sagt, Sie wär'n okay. Na ja, ich weiß überhaupt nix über Sie. Ich behalt Sie im Auge. Bis ich von was Bess'rem überzeugt bin, sind Sie nichts als jemand, der Schwierigkeiten macht.''
,,Levi, bitte!'' rief Ruby Jones ungeduldig aus.
,,Ich hab ja gesagt, ich würd's ihm erzählen. Jetzt sei doch mal still.'' Levi Williams zog tief an seiner Zigarette. ,,Whitney hat Ihnen davon erzählt, was unten bei Pacific los is?'' Ich nickte. ,,Dann wissen Sie auch, daß es böses Blut zwischen den Weißen und den Farbigen gibt.'' Wiederum nickte ich. ,,Also, da sind so zwei Dutzend Rowdys, die den meisten Streit angezettelt haben. Seit die aus dem Krieg zurückgekom-

men sind, haben die uns das Leben schwer gemacht. Die meisten weißen Jungs in den Docks behandeln uns okay und haben nichts dagegen, neben einem Schwarzen zu arbeiten, aber einige von denen würden uns lieber die Kehle aufschlitzen als mit uns im gleichen Stadtteil zusammen erwischt zu werden. Sie wissen, was ich meine?''
Ich nickte. Levi Williams nahm seine Zigarettenschachtel aus seiner Hemdtasche, fischte sich eine neue Zigarette raus und legte die Schachtel auf den kleinen Kaffeetisch, der zwischen uns stand. Er schubste die Schachtel zu mir her. ,,Hier, nehmen Sie eine'', sagte er kühl. ,,Sie sehn so aus, als könnten Sie eine brauchen.'' Er hielt inne. ,,Das Klima in den Schiffswerften is noch nie gut gewesen, vor allen Dingen bei den Kesselschweißern. Selbst während dem Krieg haben sie alles mögliche versucht, um uns unten zu halten, aber die Sache hat sich doch ziemlich gebessert, seit das Durcheinander drüben bei Marinship vorbei is und das Gericht denen gesagt hat, sie sollen die Lokalverbände für Weiße und Schwarze gemeinsam machen. Man konnte es an sich ganz gut ertragen, das heißt bis so vor etwa zwei Monaten.''
,,Was ist denn da passiert?'' unterbrach ich ihn.
,,Das sag ich Ihnen schon noch. So vor ungefähr zwei Monaten sind zwei Dutzend schwarze Brüder bei Pacific angestellt worden.''
,,Damals hat Chet da angefangen zu arbeiten, Mr. Kovachs'', sagte Ruby Jones.
Levi Williams schaute sie durchdringend an. ,,Wer erzählt denn jetzt, Ruby, du oder ich?'' Sie hielt seinem Blick stand. Ich schaute hinunter auf meine Handrücken und begann, den Dreck unter den Nägeln hervorzukratzen. Dann schaute Williams mich an und fuhr fort. ,,Ja, Chet war einer von den Schwarzen, die von Pacific angestellt wurden. Das war nur vorübergehend. Die Gewerkschaft hat ihnen Jobs vermittelt, bis der Streik unten bei Sears vorbei war.''
,,Sie meinen den Streik der Lagerhalter?'' fragte ich und hob meine Augenbrauen.

,,Na ja, wissen Sie denn von irgend'nem andern Streik, der im Moment hier vor sich geht?'' sagte er mit offensichtlicher Ungeduld.
,,Na ja, ich hab gehört, die Angestellten würden vielleicht auch anfangen zu streiken.''
Levi Williams schlug mit einer Hand in die Luft. ,,Ich weiß da nix drüber. Wollen Sie jetzt den Rest hiervon hören oder nicht?''
Ich nickte.
,,Na ja, wie ich schon gesagt hab, Chet und die Jungs waren von Sears rübergekommen. Sie haben Arbeit gesucht. Na ja, ich vermute, daß ein Dutzend neuer schwarzer Gesichter mehr war, als diese gottverdammten Kerle vertragen konnten.''
,,Levi Williams!'' sagte Mrs. Jones schrill. ,,Gebrauch ja nicht diese Sprache in meinem Haus. Ich laß dich hier nicht fluchen.''
,,Also, wie würdest du sie denn nennen, Ruby? Gott! Die haben doch deinen Mann umgebracht.''
Ruby Jones schaute von uns beiden weg. Ihre Lippen zitterten. Das Licht der Tischlampe neben ihr zeigte ihre feuchten Wangen. Sie schniefte einmal und erhob sich vom Sofa. ,,Entschuldigt mich, ich muß mal bei den Kindern reinschauen.'' Levi Williams und ich standen auf, während sie den Raum verließ.
,,Sie kommt schon wieder in Ordnung'', sagte er.
Ich nickte.
,,Wie ich schon gesagt hab, als Chet und die anderen schwarzen Gesichter da bei Pacific auftauchten, wurd die Sache wirklich brenzlig. Versteh'n Sie mich? Die Luft war manchmal zum Schneiden dick.''
,,Meinen Sie denn, daß diese Rowdys in der Lage gewesen wären, Chet umzubringen?''
,,Zu dem Teil komm ich noch. Zuerst haben sie keinen besonderen unter uns rausgepickt, haben ihre Blödheiten gleichmäßig verteilt, sozusagen. Dann, so ungefähr vor einer Woche, haben sie angefangen, Chet zu bedrängen.''

,,Irgendein besonderer Grund, warum sie sich ihn ausgesucht haben?''
,,Keine Ahnung, sie sind einfach in der Meute auf ihn los. Sieht den feigen Kerlen ja auch ähnlich.''
,,Dieser Aufruhr während des Mittagessens letzte Woche. Bill Whitney hat mir erzählt, da hätte es Schwierigkeiten gegeben.''.
,,Ungefähr vier von denen haben Chet beiseite genommen und haben ihn hin und her geboxt und ihm alle möglichen Namen an den Kopf geworfen. Einer von den Jungs hat sie gesehn und dann all die anderen schwarzen Brüder zusammengerufen, und gemeinsam sind wir rüber gegangen, um Chet zu helfen. Es hätt 'ne richtige Schlägerei draus werden können, aber einer von den Vertrauensleuten von der Gewerkschaft is dazwischengegangen und hat das Ganze wieder beruhigt.''
,,Meinen Sie, daß diese Cowboys, die sich da an Chet herangemacht haben, ihn vielleicht später erwischt haben?''
,,Mister, ich bin mir dessen *sicher,* so sicher, wie ich hier sitze und rede. Verstehn Sie, an dem Tag, an dem Chet getötet worden is, hat er diesen Sonderauftrag bekommen, irgendwelches Zeug von der Schiffswand abzukratzen, an so 'ner ganz entlegenen Stelle, wo sonst niemand gearbeitet hat. Als er gefallen is, bin ich einer der ersten gewesen, die ihn gesehen haben. Ich hab gesehn, wie der arme alte Chet da gelegen hat, völlig zerschmettert, und ich hab auch noch was anderes gesehn, ich hab das Seil von dieser Schaukel gesehn, auf der er gesessen hat. Das war nicht gerissen, das war durchgeschnitten!''
,,Sind Sie sicher?''
,,Mister, ich hab schon lange an Schiffen gearbeitet, ich meine, ich weiß doch wohl, wann ein Seil gerissen oder wann es durchgeschnitten worden is.''
,,Haben Sie das sonst noch jemand gezeigt? Ich meine, das ist doch ziemlich deutliches Beweismaterial.''
,,Ich hab mich erst mal um den armen toten Jungen gekümmert. Ich hab erst später wieder dran gedacht.''
,,Was ist denn passiert?''

,,Jemand hat die Seile ausgewechselt! Sie haben das durchgeschnittene weggeholt und haben es durch ein altes, ausgefasertes Seil ersetzt, das genauso ausgesehn hat, als hätt es nachgegeben und wär gerissen.''
,,Haben Sie jemand davon erzählt?''
,,Zum Teufel ja, ich hab es 'ner ganzen Menge Leute erzählt, aber niemand hat mir geglaubt. Am nächsten Tag sind dann so 'n paar nichtsnutzige Kerls zu mir gekommen und haben mich gewarnt, ich wär 'n toter Nigger, wenn ich mir weiter den Mund verbrennen würd.''
Ich lehnte mich in meinem Stuhl zurück und schaute Levi Williams tief ins Gesicht. Das erklärte seine Zurückhaltung, mit mir darüber zu sprechen, dachte ich.

,,Ich weiß schon, was Sie denken'', sagte er. ,,Na, Angst hab ich vor denen nicht. Ich stell mich denen jederzeit, wenn sie's wollen. Nein, nein, die Tage, wo Schwarze vor Weißen Angst hatten, gehn allmählich zu Ende.''
,,Wer sind denn diese Männer, Mr. Williams?''
Levi Williams schaute auf seine Zigaretten hinunter, die auf dem Kaffeetisch lagen. Er schüttelte eine raus und zündete sie an. Eine lange Minute ging vorbei. Er sagte immer noch nichts. Ich wiederholte die Frage.
,,Mann, das hätt einer von 15 oder 20 Kerlen sein können, die das Seil da durchgeschnitten haben, oder sie alle, jeder von denen ist'n Hund, 'n voreingenommener Hund, aber ich kann nicht sagen, wer's gemacht hat. Es wär nicht richtig, außer wenn ich's genau wüßt. Ich werd nicht der Blödmann sein, der 'nen Rassenkrieg anfängt. Verstehn Sie mich?''

Irgendwie, so dachte ich mir, verstand ich ihn schon. Ich leitete das Thema über zu Chet Jones als Mensch, aber Levi Williams hatte für diese Nacht genug geredet. Er teilte mir ganz kühl mit, daß er seine Schuld gegenüber Ruby Jones abgegolten habe und nichts weiter mit mir zu tun haben wolle. Dann stand er ohne ein Wort vom Sofa auf, setzte seinen Hut auf und verließ das Haus.

Während der nächsten paar Augenblicke war ich wieder damit beschäftigt, meine Fingernägel zu säubern. Dann betrat Ruby Jones das Zimmer. Sie sah sich nach Levi Williams um. Sie schüttelte lebhaft den Kopf, während sie sich auf das Sofa setzte. ,,Ich vermute, der ist einfach auf und davon'', sagte sie mit einer Spur von Ärger. ,,Dieser Levi Williams ist manchmal ein schwerer Brocken, Mr. Kovachs.''

,,Er ist einfach nur ein bißchen skeptisch mir gegenüber'', sagte ich in einem höflichen und zurückhaltenden Ton.

,,Nehmen Sie ihn nicht zu persönlich, Mr. Kovachs. Er hat ein schweres Leben hinter sich, und das zeigt sich manchmal. Er hat seinen Daddy verloren, als er noch ein kleiner Junge war. Eine von diesen Geschichten, für die der Süden berühmt ist.''

Ich schaute auf den Boden nieder.

,,Also, denke ich mir, hat er auch ein Recht, so zu fühlen, wie er es tut. Ich wünsch mir einfach nur, es wär nicht immer so. Gott weiß, wir Schwarze haben jede Menge Grund, voller Haß zu sein, aber wir müssen doch alle zusammen in dem Land hier leben, nicht wahr, Mr. Kovachs?''

,,Ja schon, aber ich weiß nicht, wie meine Gefühle wären, wenn ich immer nur einstecken müßte.''

Bevor ich wegging, versuchte ich, soviel Informationen wie möglich von Ruby Jones über ihren Mann zu bekommen. Sie war sehr hilfsbereit, brachte aber nicht viel zusammen, womit ich hätte arbeiten können. Als ich sie über Levi Williams' Beziehung zu ihrem Mann fragte, erzählte sie mir, daß Chet und Williams' Sohn - ein 19-jähriger Junge namens Josh - zusammen Baseball für die Frisco Blues gespielt hätten, eine Mannschaft in der kalifornischen Farbigen-Liga. Sie sagte, Chet und Josh seien während der letzten Saison sehr enge Freunde geworden.

Ich wünschte Mrs. Jones gute Nacht und versprach ihr, mich noch ein oder zwei Tage mit dem Fall zu beschäftigen. Sie dankte mir überschwenglich, sogar nachdem ich ihr gesagt hatte, sie solle sich keine Hoffnungen machen, daß ich irgendwas finden würde.

4.

Ich hätte ganz gerne den Versuch gemacht, als allererstes am nächsten Morgen direkt mit Josh Williams zu sprechen, aber ich rechnete mir aus, daß sein Vater Schritte unternehmen werde, um das zu unterbinden. Ruby Jones hatte mir gesagt, daß Levi seinen Sohn außerordentlich stark abschirme, und hatte mich davon abzuhalten versucht, mit ihm sprechen zu wollen. Sie hatte vorgeschlagen, daß ich mit Rake Holland sprechen solle, dem Manager der Blues. William ‚Rake' Holland war selbst während der zwanziger und dreißiger Jahre ein ziemlich guter Spieler gewesen. Er hatte mit all den großen schwarzen Spielern gespielt - Josh Gibson, Buck Leonard, Satchel Paige, ‚Pee Wee' Butts, ‚Cool Papa' Bell, Namen, die selbst weiße Baseballfans wie ich über die Jahre hin gehört hatten.

Rake Holland war Mitbesitzer eines Schallplattenladens in der McAllister Street. Ich rief ihn kurz nach neun an und erzählte ihm, an was ich da dran war. Er sagte, er sei bis Mittag im Laden.

Ich hatte noch was in der Stadt zu erledigen, bevor ich zu dem Schallplattenladen im Fillmore District fuhr. Von dort bog ich nahe bei der Bücherei in die McAllister Street und fuhr den langen Hügel hoch Richtung Fillmore. Während ich fuhr, hatte ich Zeit, mir den Morgen genauer anzusehen. Kumuluswolken wie große Haufen von frisch geschorener Wolle zogen rasch über einen herzerfrischend alpenblauen Himmel. Die helle Oktobersonne erwärmte mein Gesicht und meine Handrücken. Es war genau die Art Tag, wo es ein Vergehen ist, *nicht* alles stehen und liegen zu lassen, was man gerade tut. Stattdessen sollte man sich z.B. auf einen Hügel setzen und die Wolken beobachten. Aber schließlich habe ich bisher eine ganze Menge Gesetze gebrochen.

Ein paar Minuten vor zehn kam ich an dem Plattenladen an. Hinter dem Ladentisch stand nur eine Person. Ich dachte mir, das sei Rake Holland. Falls ich irgendwelche Zweifel gehabt hätte, dann verriet ihn sein Körperbau: 1,85 Meter groß bei

höchstens 135 Pfund. Er wußte auch, wer ich war.
,,Sind Sie der Mann, der grad angerufen hat?'' fragte er.
,,Ja, Kovachs ist mein Name.''
,,Dacht ich mir schon. Die einzigen Weißen, die hier reinkommen, sind Musiker und Bopster, und Sie sehen wie weder noch aus. Sie haben am Telefon was über Chet und Josh gesagt.''
Bevor ich reden konnte, kam ein junger Mann in den Laden und ging zum Ladentisch. ,,Heh, Mann, haben Sie Hamps Boogie-Woogie-Platte?'' fragte er.
,,Da drüben neben der Wand. Gucken Sie mal nach, Sie werden's schon finden. Nehmen Sie sich 'nen Plattenspieler und spielen Sie ein paar Takte.''
Der junge Mann ging hinüber zu der Schallplattenkiste.
,,Jedesmal wenn jemand reinkommt und 'ne Platte kaufen will'', sagte Rake zu mir, ,,dann laß ich sie 'n paar Takte reinhören. Auf die Weise wissen sie, was sie da kaufen, und ich hör auch ein paar Melodien. Ich mag Hamp ganz besonders.''
Rake schaute an mir vorbei hinüber zu dem Kunden, der an Lionel Hampton interessiert war.
,,Heh Sie, junger Mann'', rief er, ,,legen Sie doch mal *Hey Ba Ba Re Bop* auf.'' Dann an mich gewandt: ,,Ja, dieser Hamp is schon was Dolles. Er und seine Leute im Orchester haben sich letzte Woche in LA mal wieder selbst übertroffen. Haben im Million Dollar Club alle möglichen Besucherrekorde gebrochen. Kommen nächste Woche hierher. An Ihrer Stelle würd ich die nicht verpassen.''
Ich sagte ihm, ich sei mehr der Billy Eckstine-Typ, aber daß ich's mir überlegen würde hinzugehen. Dann kamen wir zum Geschäftlichen. Während Levi Williams so verschlossen wie der Deckel eines Einweckglases gewesen war, erzählte Rake Holland liebend gern.
,,Ja, ja'', sagte er, ,,ich hab die Blues jetzt schon seit 1942 trainiert, und davor hab ich mit den Allerbesten gespielt. Ich hab in all den großen Mannschaften gespielt, den Crawfords, Grays, Newark Eagles, in allen, außer den Monarchs; und ich hab noch niemals zwei Spieler gesehn wie Chet Jones und Josh

Williams. Chet war gut genug, um in praktisch jeder Mannschaft in der Oberliga zu spielen, und der junge Josh ist nur zwei Jahre davon entfernt. Ja, ja, das hier ist das wichtigste Jahr für die schwarzen Baseballspieler in der ganzen Geschichte des Spiels gewesen. Sie lesen die Zeitungen, Sie wissen, wie Jackie Robinson seine Gegner in diesem Jahr förmlich zerrissen hat.''

,,Hat 290 oder so geschafft, nicht wahr?'' sagte ich und versuchte, mein Wissen auf diesem Gebiet zu zeigen.

,,290! War überhaupt nur ein Härchen unter 300! Er war in der ganzen Liga derjenige gewesen, der den anderen Spielern die meisten *bases* abgeknöpft hat, wußten Sie das schon? Aber das ist überhaupt nur die halbe Geschichte. Er hat bewiesen, daß er mit den Besten von den weißen Jungs zusammenspielen kann, und das haben wir sowieso schon die ganze Zeit gesagt. Gib uns 'ne Chance, gib uns einfach 'ne Chance. Also, Jackie hat eine Chance bekommen, und schauen Sie sich mal an, was er gemacht hat. Zum Teufel, wir haben farbige Spieler, die noch 'ne ganze Menge besser sind als Jackie Robinson im Moment. Ich sag nicht, daß die Schlacht schon gewonnen is. Im Oberliga-Baseball gibt es immer noch 'ne Menge Vorurteile. Aber wir haben schon den Fuß in der Tür. So wie ich es seh, wird es in fünf Jahren gar keine Tür mehr geben. Aber so glücklich ich auch für unsre Spieler und unsre Leute bin, da gibt's doch zwei Sachen, über die ich wirklich traurig bin. Das eine is, daß Satchel Paige nicht in der Oberliga hat spielen können, als er seine beste Zeit hatte...'' Rake Holland unterbrach und senkte die Augen. Lionel Hamptons Musik füllte den Raum, den seine Stille freigelassen hatte. ,,Das andre'', sagte er mühsam, ,,is, daß Chet Jones nie mehr die Möglichkeit haben wird, zu spielen. Das is so verdammt schade! Und das is genau die Sache, Mister. Verdammt schade, daß 'n Unfall einen von unseren besten jungen Spielern treffen mußte.''

,,Einige Leute glauben, daß Chet Jones' Tod kein Unfall war'', bemerkte ich dazwischen.

Rake Holland schreckte bei meinen Worten zurück.

,,Ach, was sie nicht sagen! Das meinen Sie doch nicht im Ernst?''
,,Ich sage überhaupt nichts, aber da gibt's so Gerede.''
Rake schüttelte den Kopf. ,,Wer sollte denn Chet umbringen wollen?''
,,Das möchte ich auch gerne wissen. Sie haben ihn doch besser gekannt als alle anderen, Chef. Können Sie sich an irgend jemanden erinnern, der ihn aus dem Weg hätte haben wollen?''
Rake schüttelte wieder den Kopf. ,,Nein, nein, kann ich nicht. Na ja, ich sag ja nun nicht, daß Chet der beliebteste Junge in der Mannschaft war, denn das war er nun nicht. Er war ein guter Kerl, aber wenn man so 'n vielversprechendes Talent hat wie er, dann ist es ganz klar, daß einige von den Mannschaftskameraden eifersüchtig werden. Da waren schon ein paar Jungs in der Mannschaft, die ganz schön eifersüchtig auf Chet waren, und auf Josh auch. Die waren sauer, denn die wußten, wenn's jemand bis in die Oberliga schafft, dann die zwei und nicht sie selbst. Um ehrlich zu sein: Rassenintegration ist 'ne großartige Sache für die schwarzen Spieler, aber es bedeutet auch, daß unsere eigenen Ligen kaputtgehen und die schwarzen Jugendlichen zu Rivalen werden, die dann gegeneinander um Plätze in den weißen Mannschaften kämpfen. Verstehen Sie mich?''
Ich verstand ihn. Ich fragte ihn, ob es jemanden bei den Blues oder in irgendeiner anderen Mannschaft in der kalifornischen Farbigen-Liga gebe, den er fähig halte, seine Eifersucht in einen Mord umzusetzen. Rake Holland erwähnte zögernd die Namen von zwei von Chet's Mannschaftskameraden, bestand aber darauf, daß beide eines Mordes nicht fähig gewesen sein könnten.
,,Die haben Chet nicht besonders gemocht'', sagte er. ,,Teilweise, weil er besser war als sie, und teilweise, weil die schon älter waren. Nichts schmerzt einen älteren Spieler so sehr, als wenn er sieht, wie so ein junger Spund daherkommt und ihm seinen Platz wegnimmt. Wie ich schon gesagt hab, die haben Chet nicht gemocht. Aber sie wollten einfach meistens nichts

mit ihm zu tun haben. In ihrem innersten Herzen, das weiß ich, wußten sie schon, daß er in den Oberligen spielen würde, und sie waren glücklich, vielleicht nicht für ihn, aber für all die farbigen Spieler, die noch heranwachsen."

„Wie stand's denn mit Chets Privatleben?" fragte ich und wechselte das Thema. „Hatte er da mit irgend jemandem Schwierigkeiten?"

„Nicht daß ich wüßte. Sie müssen das schon verstehn, auf dem Spielfeld wußte ich alles, was über den Mann zu wissen war. Ich war derjenige, der ihn rausgebracht hat. Ich wußte, wie lange er gebraucht hat, um vom Schlagfeld bis zur ersten *Base* zu kommen, wie oft in zehn Fällen er einen gelungenen Schlag aus dem Lauf heraus im Zentrum des Spielfeldes fangen und zur *home plate* werfen konnte, wann er Punkte machen würde und wann nicht. Ich hab gewußt, was er gegessen hat, wieviel er gewogen hat, fast bis aufs Gramm, wann sich die Muskeln in seinem Bein verkrampft haben und er es sich nicht hat anmerken lassen. Ich hab all die Dinge gewußt und noch viel mehr. Aber wenn er aus dem Stadion raus war, dann wurd er für mich zum Fremden, und soweit ich weiß, für alle anderen auch. Ich mein, er war einfach nicht jemand, der über sein Privatleben geredet hat. Er is ins Stadion gekommen, um zu spielen, und über anderes hat er nicht geredet."

„Wußten Sie, daß er bei seiner Arbeit von einer Bande von weißen Schlägern belästigt worden ist?"

„Na ja, soviel hab ich schon gewußt. Aber von ihm hab ich's nicht gehört. Nee, Josh hat's mir erzählt."

„Josh Williams?"

„Genau der. Die beiden waren ganz eng befreundet, müssen Sie wissen, Chet und Josh. Und die beiden waren *die* besten Anwärter für die Oberligen westlich von Kansas City. Hab beide selbst rausgebracht. Chet war meine Nr. 1, meine Nr. 1. Sie hätten mal sehn sollen, wie er das Außenfeld abgedeckt hat. Man hätt schwören können, da hätten vier Leute statt nur drei gespielt. Er konnte rennen wie Jesse Owens, und der junge Josh war höchstens einen Schritt langsamer als er. Jawoll,

Chet hat mich stark an ‚Cool Papa' Bell erinnert, als er damals in seiner besten Zeit für die Crawfords in Pittsburgh gespielt hat. Der Junge hätt in jeder Oberligamannschaft, die Sie mir nennen können, beständig die höchste Trefferquote haben können. Ich glaub, Josh kann vielleicht ein bißchen mehr Kraft dahintersetzen, aber ich verwette jede Platte in meinem Laden hier, daß beide Jungs 20 bis 25 *homeruns* pro Jahr in den Oberligen hätten schaffen können. Glauben Sie mir, Mister, ich neige nicht dazu, über mich zu prahlen, nur weil sie meine Jungs sind, nein, nein, was ich da sag, das stimmt."

„Tut mir leid, daß ich nie die Möglichkeit hatte, Chet Jones spielen zu sehen."

„Is verdammt schade, genau das. Ganz einfach verdammt schade. Und so was wie das muß ausgerechnet jetzt passieren, wo Chet und Josh kurz vor einem Probespiel für eine Oberligamannschaft waren."

„Das hab ich nicht gewußt."

„Mr. Veeck von den Cleveland Indians kommt hierher, um sich Chet und Josh anzusehn. Es war alles arrangiert für das Spiel der Besten zwischen den Fellers und den Paiges an diesem Wochenende. Mr. Veeck wird direkt hier im Stadion sitzen und sich 'n paar von den Jungs ganz genau anschaun. Er wird vielleicht sogar den alten Satch mit nach Cleveland zurücknehmen."

Ich kratzte mich am Kinn. „Ja klar, ich hab die Ankündigung von dem Spiel im *Examiner* gelesen."

„Ha! Eine Ankündigung, das is wahrscheinlich alles, was Sie zu lesen bekommen werden. Die schreiben überhaupt nichts über die Farbigen-Ligen. Und die Tournee unsrer Mannschaften übers Land, die is, na ja, ich glaub, daß wird ihnen einfach peinlich sein."

„Wieso denn?"

„Sie müssen wissen, der alte Satch nimmt jedes Jahr eine Gruppe von farbigen Spitzenspielern so ungefähr um diese Zeit mit auf eine Tour übers Land. Läßt sie gegen Bobby Fellers Jungs spielen, und der Mann bringt ihm einige von den besten

Spielern aus der Oberliga, die's überhaupt gibt. Er bringt sogar Jimmy Hegan hier als Fänger. Also, Sir, ich geb ja nicht an, aber der alte Satch und seine Jungs spielen diese etablierten Oberligaspieler jederzeit mit dem größten Vergnügen in Grund und Boden. Sie werden vielleicht zwei von drei oder drei von fünf Spielen gewinnen. Der alte Satch hat sie seit Jahren schon geschlagen, und bisher hat er auch Bobby Feller in ihrem Werferduell in den beiden Spielen geschlagen. Im letzten Spiel hat der alte Satch acht von den weißen Jungs in nur fünf Durchgängen rausgeworfen. Na ja, Sir, Bobby Feller ist dann hingegangen und hat den alten Satch zu einem direkten Duell über neun Durchgänge herausgefordert, 'ne endgültige Kraftprobe, um zu beweisen, wer von den beiden nun der beste Werfer im Baseball wär. Das große Spiel is für Samstagabend im Seals-Stadion angesetzt. Chet und Josh sollten 'ne Chance bekommen, sich da zu bewähren. Ich hab den Anruf von dem Manager vom alten Satch gekriegt. Wie gesagt, ich soll die beiden Jungs darauf vorbereiten, für die Auswahlmannschaft von Satch zu spielen, weil Mr. Veeck selbst kommen würd, um sich die Sache mal persönlich anzusehn. Aber jetzt..." Für einen Moment verlor sich Rake Hollands Stimme. „Aber ich vermute, daß Josh immer noch seine Chance kriegen wird. Der muß Mr. Veeck einfach auffallen. Warten Sie mal ab."

Ich fragte den Manager der Blues noch ein paar Sachen zu Chet Jones, aber die Vergangenheit hatte jetzt Besitz von ihm ergriffen. Er hatte einen sehnsüchtigen und weitentfernten Blick in seinen Augen. Er schien zu vergessen, mit wem er da sprach. Er hob eine Schallplatte vom Ladentisch auf, zog die Platte aus dem Umschlag und legte sie auf den Plattenspieler neben seinem rechten Ellbogen. Es war Lionel Hamptons *Flying Home.* Rake schaute mich bittend an. „Jetzt nichts mehr über Chet", sagte er. „Ich werd mir noch 'n bißchen Hamp anhören, wenn Sie nichts dagegen haben." Er schaute an mir vorbei, und einen Moment später flog auch Rake Holland heim. Ich glaube noch nicht mal, daß er hörte, wie ich Auf Wiedersehen sagte.

5.

Vor weniger als einer Woche hatte die ILWU eine riesige Streikpostenkette vor dem Sears-Kaufhaus bei Mission und Army Street organisiert. Die Lagerhausarbeiter hatten seit dem frühen September gestreikt, und die Eskalation durch die ILWU war eine Antwort auf die Lastwagenfahrer, die von ihrem Präsidenten Dan Tobin die direkte Anordnung erhalten hatten, durch die Streikkette hindurchzufahren und ihre Waren abzuliefern. *The People's World, Militant* und das *Call-Bulletin* waren darin einer Meinung. Das *Call-Bulletin* und die zum gleichen Verlag gehörenden Tageszeitungen in Frisco hatten das ganze sogar auf der ersten Seite abgedruckt. Zwei Tage nach der ersten großen Streikpostenkette eskortierte die Polizei die Lastwagen durch die Streikposten, und ein blutiger Kampf entspann sich.

Das war eine Woche! Der Hafen war durch einen Streik, den die Vorarbeiter in LA begonnen hatten, geschlossen; kaum vom Fleck kam die Tagung der amerikanischen Arbeitervereinigung in der Stadthalle, wo die Bürokraten die Hände rangen, während sie versuchten herauszufinden, was sie zu John L. Lewis und der gegen die Kommunisten gerichteten Selbstverpflichtung der Schiedsstelle im Ministerium für Arbeitsfragen tun sollten, dabei dasaßen und zuhörten, wie der Kommandeur der amerikanischen Veteranen ihnen einen Vortrag über das dreifache Gespenst von „Faschismus-Kommunismus-Nipponismus" hielt. Das amerikanische Konsulat in Jerusalem wurde bombadiert; Truman aß im weißen Haus gefüllte Paprika und Käsesufflets als seinen Beitrag zur Förderung von „fleischlosen Dienstagen" und „geflügellosen und eierlosen Donnerstagen", alles als Teil einer großen Kampagne, um Essen zu sparen und Europa zu ernähren. Der Chef der Lever Brothers organisierte die Anzeigenkampagne. Er ersann Slogans wie „nicht nachfassen", „Reste verbrauchen" und „fangen Sie nicht den Dritten Weltkrieg in Ihrem Mülleimer an."

Und als ob das nicht genug für eine Woche gewesen wäre, wurde noch Hanns Eisler verhaftet und deportiert; die siebzehnjährige Erbin Beuhlah Luise Overell und ihr Freund wurden für nichtschuldig an der Explosion der Familienjacht befunden, bei der Beuhlahs Eltern umgekommen waren, und die ersten von 3 500 Überresten von amerikanischen Soldaten, die im Pazifik gefallen waren, segelten durch das Golden Gate auf ihrem Weg zu ihren letzten Ruhestätten. Die Politiker führten die Stadt bei dreitägigen Dauer-Ehrungen für die „Helden des Pazifiks" an, wie die Tageszeitungen sie nannten.

Ich versuche ja, mich bezüglich der Welt auf dem laufenden zu halten, aber manchmal fällt man doch ein bißchen zurück. Ich ging runter zum Lokalverband Nr. 6 der ILWU, um etwas über den Streik herauszufinden, die jüngsten Konfrontationen mit der Polizei und darüber, was, falls überhaupt, Chet Jones damit zu tun gehabt hatte.

Nate Murphy ist Vertrauensmann des Lokalverbandes Nr. 6. Er ist ein großer Werbetrommler für die ILWU und die kommunistische Partei. Man kann mit ihm ganz gut über allgemeine politische Fragen reden, wie z. B. die teuflischen Seiten des Faschismus, aber wenn man auf das Versprechen der Organisation zu sprechen kommt, keinen Streit anzuzetteln während des Krieges oder Uncle Joe Stalin für so Kleinigkeiten kritisiert wie das völlige Auslöschen der ganzen Führungsschicht von Lenins Partei, dann bläst er sich auf wie ein Gummischlauch und wird purpurn. Und eine zivilisierte Unterhaltung über den Spanischen Bürgerkrieg oder den Hitler-Stalin-Pakt kann man ganz vergessen. Aber wie ich schon sagte, bei allgemeinen Themen war er ein netter Gesprächspartner. Und das war dann auch die Basis unserer Freundschaft, so stürmisch ihr Schicksal manchmal gewesen war.

Der Streik war noch lange nicht vorbei, und das Gewerkschaftsgebäude bebte vor Aktivität, als ich ankam. Streikpostenplakate, 100 oder mehr, waren wie gespaltenes Holz an einer gegenüberliegenden Wand aufgeschichtet, und Gruppen von fünf bis zehn Männern steckten in verschiedenen Teilen

der Halle die Köpfe zusammen und berieten sich über Streikpostenaufgaben und Strategien. So jedenfalls vermutete ich. Ein paar Minuten lang schaute ich mich um und versuchte, Murphy zu finden. Ich hatte Glück, daß ich ihn erblickte, wie er gerade aus einem der Büros hinter der großen Halle herauskam. Er bewegte sich eilig auf den Vorderausgang zu.
,,Nate!" rief ich hinter ihm her.
Er hielt an und drehte sich zu mir um. ,,Ey, Riley Kovachs! Lange nicht gesehen."
,,Nate, bist du in Eile? Ich muß mit dir sprechen."
,,Na ja, ich bin unterwegs zu Sears. Ich bin Streikpostenchef, und meine Schicht beginnt in 30 Minuten. Willst du mit mir rüberfahren? Sag mal, hat Ruby Jones schon mit dir gesprochen?"
,,Du bist also derjenige welcher?"
,,Ja, die Dame brauchte Hilfe, und du bist das einzige Holzauge, das ich diesseits der Pinkertons kenne. Da stehst du doch immer noch, oder?"
,,Murphy, du solltest zum Radio gehen. Gracie Allen könnte einen Komiker wie dich gebrauchen."
,,Tut mir leid, ich konnte einfach nicht widerstehen. Und? Kommst Du mit? Ich muß lossausen."
Wir gingen nach draußen und stiegen in Nates Rostlaube ein. Unterwegs erzählte er mir das, was er über den verstorbenen Chet Jones wußte.
,,Was soll ich dir denn erzählen? Guter Mann. Familienmensch. Gewerkschaftsmensch. Hat auch halbprofessionell Baseball gespielt. Es hieß, er hätte gute Chancen. Hat sich aber gerne abseits gehalten. Die Partei hat versucht, ihn rumzukriegen. Na, du weißt schon, unter Menschen gehen, sich für politische Fragen engagieren. Was für ein Fang das gewesen wäre, was? Kannst du dir einen Jackie Robinson vorstellen, der Kommunist ist?"
,,Versucht ihr Kerle jetzt auch noch, den Baseball zu unterwandern? Ist denn gar nichts mehr heilig?"
,,Ha ha! Ja, wir planen die Cincinatti Reds zu unterwandern,

dann brauchen wir wenigstens den Namen nicht zu ändern."
„Na, Murphy, das ist wohl das, was ich an dir gut finde. Hinter der grimmigen stalinistischen Fassade ein Sack voll Humor, der sich liebendgerne austobt."
„Hast du schon den Witz gehört über die drei Kerle vor dem Himmelstor - ein Faschist, ein Kapitalist und ein Kommunist?"
„Ohje, ich nehm alles wieder zurück."
„Nee wirklich, ist sehr lustig."
„Ein andermal, im Moment versuche ich alles rauszukriegen, was ich über Chet Jones erfahren kann."
„Pacific wird niemals zahlen. Eines Tages werden die Gewerkschaften die Firma schon knacken. Aber ich fürchte, daß das Ruby Jones nicht mehr helfen wird, oder?"
„Wir unterhalten uns hier vielleicht über viel mehr als nur über eine Unfallrente, Nate."
„Nämlich?"
„Nämlich, ich kenne ein paar Leute, die meinen, er wäre umgebracht worden."
„Umgebracht!" Nate Murphys Augen wandten sich von der Straße ab und schauten mich ungläubig an. Ecke Mission und 16. Straße segelten wir an einer roten Ampel vorbei.
„Vielleicht", sagte ich sachlich. „So was gibt's ja, weißte doch. So, wie steht's mit Chet Jones? Irgendwas, woran du dich erinnern kannst, was während des Streiks oder vorher hier passiert ist, was ihn vielleicht auf eine Abschußliste hat bringen können?"
Nate Murphys Augen kehrten zur Straße zurück. Einen Augenblick war er stumm. „Ich weiß nicht", sagte er und zuckte mit den Schultern, „zuerst hat er normale Streikpostenarbeit geleistet, aber als er von Pacific angestellt wurde, ist er ein Springer geworden."
„Ein Springer?"
„Ja, so jemand, der zur Verfügung stand, wenn wir ein paar Leute zusätzlich gebraucht haben. Um die Wahrheit zu sagen,

Riley, viel hab ich ihn nicht gesehen. Der war nicht in meiner Gruppe."

„Na ja, vielleicht liegt ja auch gar nichts vor, woran wir uns halten können."

Nate Murphy schnippste mit den Fingern. „Moment mal! Chet hatte Dienst an dem Tag, als wir 'ne riesige Streikpostenkette hatten, um Lieferungen durch diese Streikbrecher zu verhindern."

„Und?"

„Ja, der war einer von denen, die von den Polizisten verprügelt worden sind. Hab's selbst nicht gesehen, aber einer von den Jungs, die übel zugerichtet wurden - ein Genosse -, hat mir erzählt, daß die Polizisten Chet fürchterlich zugerichtet haben. So, als hätten sie ihn ganz speziell herausgepickt, hat er gesagt."

„Weil er ein Schwarzer war?"

„Nee, glaub ich nicht. Der Kerl, der mir das erzählt hat, ist weiß, und den haben sie auch ganz schön verprügelt. Aber er hat gesagt, daß es Chet ganz fürchterlich erwischt hat. Hat ins Krankenhaus müssen, zum Nähen."

„Wer ist der Kerl, der dir das erzählt hat?"

„Heißt Rolly Blinn. Ist in der Partei."

„Wird der mit mir sprechen wollen?"

„Keine Ahnung. Man sagt von dir, daß du 'ne weiche Linie gegenüber Trotzky vertrittst."

„Und du hast 'ne weiche Birne. Jetzt hör mal zu, Murphy, das was wir vor uns haben, könnte Mord gewesen sein. Vielleicht weiß dein Mann Blinn was."

„Schon gut! Schon gut! Ich werd ihn fragen."

„Wann?"

„Der sollte im Moment Dienst haben. Reicht es in drei Minuten?"

Drei Minuten später hatte Murphy sein Auto geparkt, und wir schlossen uns den Streikposten der Warenlagerarbeiter bei Sears an. Es waren zumeist Männer von der ILWU und den sie unterstützenden Gewerkschaften. Sie paradierten auf dem Bürgersteig. Die Reihe erstreckte sich vom Haupteingang an der Mission Street um die Ecke und dann die Army Street runter noch einmal um die Ecke bei Valencia, bis sie am Parkplatz und den Ladedocks aufhörte.

Es war eine lebendige Angelegenheit. Die Streikposten sangen einige von den traditionellen Gewerkschaftshymnen, und zwischen den Gesängen leitete ein Mann am Lautsprecher die Sprechchöre. Mehrere Autos fuhren vorbei, und die Fahrer drückten auf die Hupe als Zeichen ihrer Unterstützung. Immer wenn das passierte, brachen die Streikposten in Beifall aus, und diejenigen, die Plakate an Stöcken trugen, streckten diese hoch in die Luft.

Aber der Geist der gewerkschaftlichen Brüderlichkeit war nicht das einzige, was in der Luft war. 30 oder noch mehr Polizisten mit gezogenen Holzknüppeln standen in einer Formation an den Zufahrtseingängen zwischen den Streikposten und Sears und fügten der ganzen Szene einen schweren Akzent hinzu.

Murphy und ich waren ein paar Minuten in der Streiklinie gewesen, als er seinen Mann fand. Wir schieden aus der Prozession aus und warteten darauf, daß er beikäme. Während wir uns dann der Reihe wieder anschlossen, stellte Murphy mir Blinn vor.

Der Lagerhausarbeiter war hilfsbereit, aber außer einer Beschreibung der Prügel, die er und Chet Jones und einige andere hatten einstecken müssen, konnte er nicht viel mehr zu dem hinzufügen, was ich bereits über den Toten wußte. Er wiederholte, was Murphy mir erzählt hatte, daß nämlich die Polizisten für Chet Jones eine Sonderbehandlung vorgesehen hatten. Falls der Zufall ausgeschlossen werden konnte, war das sehr merkwürdig, denn das Bild, das sich jetzt von Chet Jones formte, war so ziemlich das Gegenteil eines lautstarken, militanten Anführers mit einer Sympathie für die Kommunisten-Charakterzüge, die manch einen Polizisten dazu provozieren würden, einen aus dem Volleyballspiel bei einem Familienpicknick herauszureißen und den Kopf mit harten, stumpfen

Oberflächen Bekanntschaft machen zu lassen, nur damit man wußte, daß sie ein Auge auf einen hielten. Wenn überhaupt, dann schien Chet Jones Wert darauf zu legen, sich möglichst im Hintergrund zu halten.
Ich sprach immer noch mit Rolly Blinn, als eine 25 Meter entfernte Stimme ausrief: ,,Da kommen sie!" Die rhythmischen Kadenzen der Streikpostenreihe brachen ab, als ob die Worte irgendeine Art Kommando seien. Und in gewisser Weise waren sie das auch. Zwei große Lastwagen, die auf allen Seiten von 30 Polizisten begleitet wurden, krochen die Valencia-Straße wie die Vorhut eines militärischen Begräbnisses entlang. Sie erreichten den Eingang zu dem Parkplatz von Sears und bogen langsam ein - zweifellos waren sie unterwegs, um Waren abzuliefern.
50 Streikposten setzten sich quer über den gepflasterten Eingang und blockierten den Weg. Rolly Blinn und ich waren gerade jenseits des Eingangs. Die Streikpostenreihe löste sich auf und plazierte sich um die Lastwagen, wobei sie sowohl die Polizei als auch die streikbrechenden Fahrer mit Beleidigungen überschütteten.
Ein Polizist an der Spitze der begleitenden Phalanx hielt ein Megaphon in seiner Hand und befahl den sich niederkauernden Streikposten, die Blockade aufzulösen.
,,Das ist er!" rief Rolly Blinn und stupste mich mit den Ellbogen in die Seite.
,,Was?" schrie ich und versuchte, ihn durch den Lärm hindurch zu verstehen.
,,Das ist der Polizist, der Chet zusammengedroschen hat!"
Ich blickte zurück und sah mir den Polizisten mit dem Megaphon an. Er trug die Streifen eines Sergeants auf seiner Uniform. Er war ungefähr 35 Jahre alt und hatte das Gesicht einer ungepflasterten Straße während der Regenzeit, und er hatte einen Blick in den Augen, der den Eindruck erweckte, daß er einen Zimmermannshammer benutzen würde, um einem Kätzchen die Flöhe runterzuhauen. Es war ein Blick, den man nicht so schnell vergessen konnte. Ich versuchte, mich näher zu

drängen, um zu sehen, ob ich seine Dienstnummer würde lesen können. Aber es klappte nicht.
Die Streikposten saßen trotzig in der Einfahrt. Die Polizei hatte den Lastwagen an der Spitze bis zu einem Punkt begleitet, wo kaum mehr als ein Meter den vordersten Reifen vom dem Körper des Nächstsitzenden trennte. Für ein paar straff gespannte Minuten entwickelte sich ein spannungsgeladener Sitzkrieg.
Stimmen aus der Reihe der Streikposten, die sich inzwischen zu einer riesigen Masse konzentriert hatten, schrien sich heiser. Halsmuskeln wurden straff und standen hervor wie die Speichen eines zerbrochenen Schirms. Streikpostenschilder auf breiten Stöcken wurden potentielle Waffen und in einer trotzigen Zurschaustellung gegen die Lastwagen der Streikbrecher und ihre polizeilichen Beschützer wütend herumgeschwungen. Die Luft war heiß und dick und wuterfüllt. 300 verbitterte Leute drängten sich dicht um das Klassendrama, das sich in der Autoeinfahrt entwickelte.
Ohne ein Wort zu sagen und mit gezogenen Knüppeln hatte eine Anzahl von Blauröcken sich innerhalb der menschlichen Blockade aufgestellt und eine Gruppe von Polizisten, die den zweiten LKW begleiteten, kamen von allen Seiten auf die Blockierer zu. Sie begannen, die Leute hinaus auf die Straße zu zerren. Einige gingen wortlos, während andere sich widersetzten. Dann krachte wie ein Blitzschlag ein Knüppel auf den Kopf eines der Blockierer. Das *Bonk* brach durch ein Meer von feindseligen Aufschreien. Für einen kurzen Moment breitete sich Stille aus, und Augen wandten sich in Richtung des Geräusches - des schreckenerregenden Geräusches, das entsteht, wenn Holz auf menschliches Fleisch und Knochen trifft.
Der gleiche Kopf mußte noch zwei weitere heftige Schläge hinnehmen, und da, wo sie trafen, spritzte rotes Blut wie Wasser aus einem zerstörten Hydranten. Für die Menge der Streikenden war es ein Signal, und sie wogten vorwärts, um ihren verwundeten Genossen zu retten. Nachdem sie Zeuge gewesen waren, wie einer der ihren in eine weiche rote Masse zusam-

mengeschlagen worden war, brachen sie, von einer unzähmbaren Wut getrieben, durch den dünnen Polizeikordon zu einer Rettungsaktion.
Die Schlacht begann. Sie schien Stunden zu dauern. Tage. In Wirklichkeit war sie aber in ein paar Minuten vorbei. Mehrere Polizisten wurden niedergestoßen und mit ihren eigenen Knüppeln verdroschen. Der Mann, dessen Schädel aufgeschlagen worden war, wurde von Arbeitskollegen ergriffen und bewußtlos in eine sichere Ecke gezerrt. Viele Streikposten wurden zu Boden gehauen und von den gut ausgerüsteten Polizisten zusammengehämmert. Ich fand mich selbst in der Mitte des Kampfes und landete auch eine gute Rechte voll ins Ziel, bevor meine Nieren mit dem dicken Ende eines Knüppels Bekanntschaft machten. Der gleiche Polizist ließ eine Kombination von Schlägen niederregnen, die alle auf meinen Kopf zielten. Er hatte nicht genügend Glück, um zu treffen, aber meine Unterarme steckten allerhand ein, während sie die Schläge abwehrten.
Die Polizei gewann die Oberhand, nachdem die Blockierer in dem Durcheinander vertrieben worden waren. Sobald die Einfahrt einmal freigeschafft war, heulten die beiden Lastwagen durch die Öffnung und brachten in größtmöglicher Eile ihre kostbare Ladung von Toastern und Badehandtüchern zum sicheren Hafen der Laderampe.
Beide Seiten zogen sich zurück, um sich die Wunden zu lecken. Die Streikpostenreihe stellte sich wieder auf, und wiederum war die Luft von Gesängen angefüllt. Die Lastwagen waren durchgekommen, einige Köpfe waren zerhauen und einige Kämpfer verhaftet, aber der Streik ging weiter. Es würde weitere Schlachten, weitere Tage geben.
Ich humpelte rüber zu einem Haus nah an der Ecke von Army und Mission, wo die Gewerkschaften einen riesigen Topf voll Kaffee stehen hatten. Ich zündete mir eine Chesterfield an und stand da, schaute auf die Streikposten, die Polizei, die Festung Sears und zitterte. Ein freundliches Gesicht schenkte mir eine Tasse Kaffee ein und gab mir einen Doughnut. Der Kaffee war

bitter, und das Senkblei hatte seine beste Zeit schon hinter sich, aber ich hatte andere Dinge im Kopf.

6.

Ich verließ die Streikposten und sprang auf einen Bus, der mich zurück zum ILWU-Gebäude brachte, wo ich meine Rostlaube abholen konnte. Von dort aus begab ich mich zu einem anderen Gebäude. Zu demjenigen an der Kearny Street, das Justiz-Gebäude genannt wird. Bei jeder Ecke, um die ich bog, schrien beide Arme und mein Rücken vor Schmerz. Es ließ mich ein paar Stunden zurückdenken bis zu dem Moment, wo ich die McAllister-Straße hinaufgefahren war. Vielleicht hätte ich jenes Gesetz nicht brechen sollen. Vielleicht hätte ich mir diesen Hügel suchen sollen, um mich dort hinzulegen und Wolken zu zählen. Mein schmerzender Körper erzählte mir, daß ich genau das hätte tun sollen. ,,Es ist noch nicht zu spät'', schien er jedesmal zu sagen, wenn ich einen Muskel oder ein Glied bewegte. Mein quälerischer Geist erzählte mir aber etwas anderes, deshalb war ich auf dem Weg zum Justizgebäude. Ich hatte diese Kearny Street-Bastille immer gehaßt. Dort kann man nur drei Arten von Leuten finden - Polizisten, Rechtsanwälte und arme Leute. Diese gesellschaftliche Mischung hat immer eine bestimmte Wirkung auf mich.

Ich holte tief Luft, zog meine Hose hoch und stürmte in den Bereitschaftsraum der Polizeiwache. Ich ging direkt auf den diensthabenden Sergeanten zu und schlug mit der Hand auf das Löschblatt auf seinem Schreibtisch, um seine Aufmerksamkeit auf mich zu lenken.

,,Entschuldigung, Herr Polizist, Sir'', sagte ich in einem gemimten Akzent. Ich konnte mich noch nicht entschließen, ob ich ein armer Farmer aus Oklahoma oder ein Gebrauchtwagenhändler sein sollte. Am Ende klang ich dann einem republikanischen Kongreßabgeordneten schrecklich ähnlich. ,,Ich such 'nen Polizisten.''

Der diensthabende Sergeant, der stereotype rotgesichtige irische Schutzmann, las gerade die Sportseite. Er schaute auf und lächelte. ,,Also, ist das nicht fein'', sagte er sarkastisch. ,,Da sind Sie ja bei uns genau richtig, Freundchen. Der ganze Kasten hier läuft davon nur so über.''

Ich kicherte. ,,Nein, Sir, ich mein nicht einfach irgendeinen Plattfuß. Ich such da 'nen ganz speziellen, 'nen alten Kriegskameraden.''

,,Na ja'', sagte er noch ganz freundlich. ,,Das begrenzt die Auswahl ja schon 'n bißchen, was. Dieser Kriegskamerad hat doch wohl auch noch 'nen Namen gehabt, oder?''

Ich blickte betreten auf den Fußboden. ,,Sergeant, darf ich Sie Sergeant nennen?'' Ich wartete gar nicht auf seine Antwort. ,,Ich mein, es is ja seit dem Krieg schon einige Zeit vergangen. Wissen Sie, jeder hat ihn einfach nur ‚Bulldog' genannt. Klar, er hat 'nen Namen. Jeder hat ja 'nen Namen. Aber Sie wissen doch, wie manchmal so'n Spitzname hängenbleibt, und nach 'ner Weile hat man dann den wirklichen Namen vergessen.''

,,Bulldog?'' sagte der Sergeant skeptisch. ,,Bei uns hier hat niemand so 'nen Namen. Jetzt hören Sie mal zu, Mister. Ich weiß, wir sollen ja Diener für die Allgemeinheit sein, aber ich bin mir nicht so ganz sicher, ob Sie auch dazu gehören. Warum hauen Sie nicht einfach ab? Sie fangen hier an, den Hausfrieden zu stören, verstehen Sie mich?''

,,Nun geben Sie mir doch 'ne Chance, Sarge. Darf ich Sie Sarge nennen? Ach was, jetzt hör'n Sie mal, ich bin hier nur zwei Tage in der Stadt. Der gute alte Bulldog hat mir gesagt, wann immer ich mal nach Frisco kommen würd, sollt ich doch ganz bestimmt mal bei ihm vorbeischauen. Na los, Sie kennen ihn doch. Er is'n Sergeant, wie Sie auch. Jedenfalls war er das, als ich das letztemal von ihm gehört hab. So um die 35 rum. Ungefähr so groß. Wiegt vielleicht 180, 190. Hat ein Gesicht, das man sich nicht bei 'nem Rechnungseintreiber wünscht. Na, Sie wissen doch schon. Sieht halt so ähnlich aus wie 'ne Bulldogge.

Deshalb hat er auch den Spitznamen. Ich weiß ja nicht, vielleicht hat er sich nach dem Krieg von 'nem Chirurgen das Gesicht verändern lassen."
Der diensthabende Sergeant schnalzte mit den Fingern. „Oh! Sie müssen Watt meinen."
Ich schlug mir mit der Innenhandfläche auf die Stirn. „Genau der Mann! Bulldog Watt! Sergeant, Sie haben mir 'ne ganze Menge Verlegenheit erspart. Ich hoff doch, daß unsre Unterhaltung unter uns bleibt. Ich vertrau' drauf, daß Sie's für sich behalten, einfach ‚entre nous', so wie die Franzosen sagen. Es wär ja fürchterlich, wenn der gute alte Bulldog auf den Gedanken kommen sollte, daß ich seinen Namen vergessen hätt."
Der Sergeant lächelte nachsichtig. Ich schaute mich in dem Zimmer für einen Moment um, bevor ich mich dem Polizisten hinter dem Schreibtisch wieder zuwandte. „Jetzt sagen Sie mir mal, Sergeant. Wo kann ich denn Bulld…, ich meine Wachtmeister Watt finden. Ich kann ihn hier nicht sehen."
„Oh, der hat Dienst. Drüben bei Sears. Hat Streikdienst erwischt. Na ja, in Wirklichkeit hat er sich ja freiwillig dafür gemeldet."
Der Sergeant hielt eine Minute inne, um mir tief ins Gesicht zu blicken. „Sagen Sie mal", sagte er „waren Sie und Watt zusammen bei den Ledernacken?"
„Der hat Ihnen also davon erzählt, was?", sagte ich, wobei ich heimlich in meinen Kleidern schwitzte und darauf hoffte, daß der Sergeant nicht erkannte, daß mein einziger Beitrag zu dieser Unterhaltung darin bestanden hatte, ihn mit Worten in die richtige Richtung zu schubsen.
„Das will ich aber doch sagen", sagte der Sergeant lächelnd und völlig entspannt. „Sie und Bulldog, ich meine Watt, beides Militärpolizei, wetten?"
„Nochmals schuldig, Sergeant. Sagen Sie mal, was hat er Ihnen hier denn alles erzählt?" sagte ich und tat so, als verberge ich was, wobei ich mir nicht so ganz sicher war, was denn.
„Bulldog, der hat doch immer so'n Hang zum Übertreiben gehabt. Ich bin unschuldig, Sergeant", ich hob meine Hände

hoch und lachte, ,,an 75 bis 80 % von allem, was der Ihnen hier erzählt hat.''
Der diensthabende Sergeant lachte. Er schnippste wieder mit den Fingern. ,,Sagen Sie mal, Sie sind doch nicht etwa Spike Boggs, oder?''
Ich streckte meine Hände aus, so als wolle ich mir Handschellen anlegen lassen, und sagte nichts, aber wie vorher kam der Sergeant mir zuvor.
,,Ach du grüne Neune!'' sagte er, stand auf, schnappte meine Hand und schüttelte sie heftig. ,,Und verzeihen Sie mir zum Teufel die Art und Weise, wie ich Sie angefahren hab. Es ist mir eine Freude, Sie kennenzulernen, Spike. Ich vermute, ich hab schon alles gehört, was es über Sie und Watt gibt, von Wake Island bis nach Port Chicago und dann noch mehr. Aber ja, ist ja prima, Sie kennenzulernen.''
Ich hoffte, daß der Sergeant meinen erstaunten Blick nicht bemerkte, während ich ihm die Hand schüttelte. ,,Das Vergnügen ist ganz auf meiner Seite, Sergeant'', sagte ich.
Der Mann begann nun wirklich, einen Riesenspaß zu haben. Während des Krieges hatte er wahrscheinlich den Schreibtischhengst gemimt und seine Befriedigung daran gefunden, den Kriegsgeschichten anderer Leute zuzuhören. Er schnippste wieder mit den Fingern. ,,Heh! Ich wette, Sie haben noch nicht mal gewußt, daß der Captain auch hier ist.'' Diesmal bemerkte der Sergeant meinen Gesichtsausdruck. Er lachte verständnisinnig. ,,Was 'ne Überraschung für Euch beide.''
Ich ließ meine Augen groß vor Erwartung werden. ,,Sie wollen doch nicht damit sagen, daß ...'' Ich hielt inne und wartete darauf, daß mir der Sergeant aushelfen würde.
Er grinste, als habe er gerade eine frischgebackene Torte vom Fensterbrett seiner Großmutter gestohlen. ,,Aber ja! Captain Schultz! Er ist hier Bezirkschef.''
,,Schultzie? Hier?'' Ich schnappte nach Luft und versuchte, gleichzeitig überrascht und erfreut auszusehen.
Der diensthabende Sergeant konnte sich kaum noch einhalten vor Freude. ,,Ich weiß, daß er Sie zu gerne sehen würde,

Spike. Hier, ich ruf ihn sofort an.“ Er griff nach unten, um die Sprechanlage anzustellen.
Ich packte seine Hand, während eine Welle von Schrecken über mein Gesicht fuhr. „Sergeant! Bitte! Ich möchte ihn überraschen.“ Diesmal war ich es, der mit den Fingern schnippste. „Wissen Sie, was den alten Schultzie völlig umschmeißen würd? Wenn ich in sein Büro in der Uniform von ‘nem Wachtmeister hier aus Frisco reinmaschieren würd. Sie wissen schon, so mit der Mütze ganz runtergezogen über die Augen, und einfach nur so da auf dem Rand von seinem Schreibtisch sitzen und ‘ne Zigarette rauchen.“
Der diensthabende Sergeant bedeckte seinen kichernden Mund wie eine Pfadfinderin, die gerade zugesehen hat, wie zwei Hunde sich in ihrem Vorgarten gepaart haben. „Ich versteh‘s schon“, sagte er. „Ein witziger Streich.“
„Sie haben‘s erraten. Wenn der gute Schultz immer noch der alte Saubermann is, dann wird er durch die Decke springen.“
Der Sergeant hielt seine Hand hoch. „Er ist noch schlimmer geworden.“
„Na ja, dann könnt das doch ‘ne irre Sache sein.“ Ich schaute mich im Zimmer um. „Leihn Sie mir grad ‘ne Mütze und ‘ne Jacke, das reicht schon. Der alte Schultzie soll ja keinen Herzanfall kriegen.“
Der Sergeant lachte und bedeutete mir, ihm zu dem Garderobeständer auf der anderen Seite des Zimmers zu folgen. Bevor wir dorthin kamen, wandte er sich zu mir. „Nehmen Sie‘s mir nicht übel, Spike, aber ich hatte Sie mir jünger vorgestellt.“
„Das sind halt die Zeiten, Sergeant. Arbeitslosigkeit vor allem. Dann jagt einem die Bombe Angst ein und die Europäer, die mit dem Kommunismus liebäugeln. Es hat mich gut zehn Jahre älter werden lassen.“ Der Sergeant klopfte mir auf den Rücken. „Kein Wort mehr, ich weiß schon, wie es ist.“
Wir hatten den Garderobeständer erreicht, und der Sergeant begann sich nach einer Uniformjacke umzuschauen, die mir passen würde. „Wir haben immer zwei Reservestücke hier“, sagte er. „Mensch, ich kann es gar nicht erwarten, das Gesicht

vom Captain zu sehen, wenn Sie ihm unter die Nase kommen.“

Ich hielt meine Hand hoch. „Tut mir leid, alter Junge ...“

„Aber“, fuhr er fort und hörte mir gar nicht zu, „ich muß für den Rest des Nachmittags hier noch die Festung halten.“

Ich zog die Mütze und das Jackett eines Wachtmeisters an, die mir einigermaßen paßten. „Die nehm ich gleich mit“, sagte ich und deutete auf meinen eigenen Hut und mein Jackett. „Schultzie wird mich wahrscheinlich mit runternehmen wollen, zu 'nem Drink. So, mein Bester, jetzt zeigen Sie mir bitte, in welche Richtung das Büro von unserem guten Captain liegt?“

Als der Sergeant mir mitteilte, daß Schultzes Büro am anderen Ende des Korridors lag, ließ ich einen der größten Seufzer der Erleichterung los, seit John Smith am Marterpfahl sah, wie Pocahontas auf ihn zukam, um ihn zu retten. Er führte mich zur Tür des Bereitschaftsraumes. Ich schüttelte seine Hand und drohte ihm dann mit dem Finger. „Und nun rufen Sie ja nicht Schultzie an und warnen ihn.“

Er legte seinen Zeigefinger an die Lippen. „Stumm wie das Grab“, dann zwinkerte er mit einem Auge.

Ich ging aus dem Bereitschaftsraum raus und schlenderte durch den Korridor. In dem Moment, in dem ich um die erste Ecke bog, zog ich meine Polizeiaufmachung so schnell aus, daß die Reibung den Stoff hätte entzünden können. Ich stopfte die Kleider in einen Papierkorb neben dem Aufzug. Dann verließ ich das Gebäude so schnell, wie meine Beine mich trugen.

7.

Ich verbrachte den Rest des Nachmittags im Fox-Kino an der Market Street und sah mir *The Song of the Thin Man* an. Ich brauchte was zum Lachen. Popcorn kauen, darauf warten, daß die hübsche Myrna Loy reizende Sachen wie ,,Aber, Nicky Liebling" sagte, und versuchen, das zusammenzupuzzeln, was, wenn es überhaupt etwas war, der diensthabende Sergeant mir erzählt hatte - all das dauerte fast zwei Stunden. Aber das war noch nicht genug Zeit, um die Kombination für den Safe zu finden, welcher die Geheimnisse enthielt, die mit Chet Jones gestorben waren. Ich hatte meine nagenden Verdachtsmomente bezüglich einer ganzen Menge Sachen, aber mehr war's halt auch nicht - nagende Verdachtsmomente. Ich plante einen Abend bei mir zu Hause, mit einem heißen Bad und einem Topf schwarzen Gebräus, um mich vielleicht ein bißchen von meinen zerschlagenen Nieren abzulenken und den Fall zu durchdenken.

Als ich meine Wohnung betrat, klingelte das Telefon. Es war Bill Whitney. ,,Riley", sagte er. ,,Bist du noch an dem Chet Jones-Fall?"

,,Dran ja. Was rausbekommen hab ich nicht, gar nichts."

,,Also, ich hab hier was, das du vielleicht gebrauchen könntest."

,,Ich bin ganz Ohr."

,,Ich hab nur 'ne Minute, das ist meine Pause hier. Ein paar Kerle haben da drüben in der Kantine von der Werft am nächsten Tisch gesessen. Zwei von denen sind so diplomierte Fanatiker von Vorvorgestern, na du weißt schon, die Kerls, die hinter 'ner Menge von den Spannungen zwischen Schwarzen und Weißen stecken, von denen ich dir erzählt hab."

,,Ja, weiter."

,,Also, ich hab gehört, wie sie von so 'nem Treffen geredet haben, zu dem sie heute nach der Arbeit gehn würden."

,,Was für 'ne Art Treffen?"

,,Das weiß ich jetzt nicht. Ich hab gehört, wie einer von denen gesagt hat, es sollte heute abend um 6 in einer Bar an der Potrero Street losgehn. Das ist so 'ne Bar in der Nähe vom Seals-Stadium, die heißt Short Stop. Ich hab mir gesagt, du könntest vielleicht daran interessiert sein, die Sache zu überprüfen."

,,Willst du mit mir gehn?"

,,Heh, ich bin doch verheiratet. Außerdem kennen die mich ja. Hör mal, ich muß wieder zurück zur Arbeit, ruf mich an, wenn irgendwas passiert.''
Bevor ich ,,Ha!'' sagen konnte, klickte es im Telefon. Ein Kerl wie ich läßt sich bei einem Treffen des Ku Klux Klan oder bei dem jährlichen Bankett zur Verleihung der Ehrenpreise der Hochwürdigen Internationalen Brüderschaft der Schurken und Radaubrüder sehen. Was könnte da wohl passieren? Aber wenn ich dieser Sache auf den Grund gehen wollte, dann hatte ich allerdings kaum eine andere Wahl, oder?
Ich gab die Idee mit dem heißen Bad auf, aber ich setzte doch einen Kessel auf den Herd, um mir einen heißen Kaffee zu brauen. Dann rief ich Ruby Jones an.
,,Oh, Mr. Kovachs.'' Es klang so, als sei sie über meinen Anruf erfreut.
Mein Anruf war aber nicht freundlich. ,,Mrs. Jones'', sagte ich ,,warum haben Sie mir nicht gesagt, daß Ihr Mann drüben bei Sears, da bei dem Streikposten, von der Polizei zusammengeschlagen worden ist?''
Ihre Stimme wurde leise. ,,Ich, ich hab's wohl vergessen.''
,,Mrs. Jones, wenn ich irgendwas für Sie tun soll, dann muß ich alles erzählt bekommen. Ich hab so das Gefühl, daß Sie da Dinge vor mir zurückhalten.''
,,Mr. Kovachs, ich glaube, ich mag Ihren Ton da nicht.''
,,Also, das gilt wohl für uns beide, Mrs. Jones. Jetzt aber zurück zur Sache. Warum haben Sie mir nichts von der Prügel erzählt, die Chet einstecken mußte?''
,,Ist das wichtig?''
,,Ich bin mir nicht sicher, aber ich muß diese Dinge einfach wissen.''
,,Mr. Kovachs, wenn ein schwarzer Mann von der Polizei verprügelt wird, dann ist das den meisten Weißen schnurzegal. Denen, die meinen, daß er das schon lange verdient hat und eventuell sogar noch mehr davon bekommen sollte. Vielleicht hab ich's Ihnen deshalb nicht erzählt.''
,,Mrs. Jones, ich würde ja lügen, wenn ich jetzt sagen würde,

ich wüßte, wie Sie sich jetzt fühlen. Es wär sogar noch schlimmer, wenn ich sagen würde, daß ich mit Ihnen fühle. So wie ich das sehe, sind zu viele weiße Liberale mit ihrem Mitgefühl für die Neger so schnell bei der Hand, daß einfach das nur auch eine andere Art ist ‚geh zum Teufel' zu sagen. Ich erwarte ja nicht von Ihnen, daß Sie mich besonders viel mögen, aber Sie sind mein Kunde, und ich muß Ihre Arbeit erledigen. Und meine erste Regel mit Kunden - allen Kunden - ist Vertrauen. Kunden müssen mir einfach vertrauen. Mache ich mich da ganz verständlich, Mrs. Jones?"

„Ja, Mr. Kovachs, durchaus. Vielleicht hab ich einen Fehler gemacht, daß ich Ihnen nicht mehr über Chet erzählt habe. Um Ihnen gegenüber aber ehrlich zu sein, Chet war ein sehr in sich gekehrter Mensch. Es gibt da viele Dinge in ihm, die ich wahrscheinlich selbst niemals wissen werde. Als er ganz zerschlagen nach Hause gekommen ist, hat er mir nur gesagt, daß er einer von den Streikenden gewesen wäre, die im Streikpostendienst verprügelt wurden. Ich hab versucht, mehr herauszufinden, Mr. Kovachs, glauben Sie mir doch. Aber Chet wollte nicht darüber sprechen. Und wenn Chet über etwas nicht sprechen wollte, dann konnten ihn auch wilde Pferde nicht dazu bringen."

„Na ja, vielleicht ist das gar nicht so wichtig. Aber ich will doch ganz offen mit Ihnen sein, Mrs. Jones. Ich renne da jedesmal gegen Mauern, wenn ich versuche herauszufinden, wer irgendwas mit seinem Tod zu tun gehabt hat, falls es da überhaupt jemand gibt."

„Chet war in vieler Hinsicht auch eine Steinmauer, Mr. Kovachs. Ich war mit dem Mann nur ein paar Jahre verheiratet, aber der konnte eine Frau schon ganz schön aufregen, wenn Sie wissen, was ich damit sagen will. Er war stolz, ein in sich gekehrter Mann, und er hat mir öfters erzählt, daß ich das bei ihm einfach akzeptieren müßte, wenn wir gut zusammenleben wollten." Sie hielt inne, und ihre Stimme begann zu zittern. „Ich hab ihn akzeptiert, weil ich ihn geliebt habe."

Ich wurde ganz verkrampft, weil ich nicht weiß, was ich in

Situationen sagen soll, wenn die Gefühle von Leuten so offen auf dem Tisch liegen. Ich versuchte, die Unterhaltung in eine andere Richtung zu steuern. „Eine letzte Sache noch, Mrs. Jones."

„Ja?"

„War Chet bei den Ledernacken während des Krieges?"

„Nein, der war bei der Marine."

„Wo war er denn stationiert?"

„Ich, ich weiß es nicht genau."

„Oh!"

„Das war der Teil seines Lebens, den er am meisten verschwiegen hat. Er wollte einfach nie darüber sprechen. Ich meine, wirklich nie! Ich habe in New Orleans gelebt, als Chet weggewesen ist. Er hat ein paar Briefe geschrieben, hat aber niemals erzählt, wo er gewesen ist und was er so gemacht hat. Ich bin dann zu ihm hierher gekommen, Anfang letzten Jahres, nachdem er entlassen worden ist."

„Hm..., gibt es da irgend jemanden, den Sie kennen - so 'nen Matrosenkameraden -, der was über Chets Kriegsdienst wissen würde?"

Sie zögerte. Nur ihr kurzer schneller Atem war über das Telefon hörbar.

„Bitte, das könnte wichtig sein."

„Na ja, da gibt's nur einen Mann in der Richtung, den ich kenne. Der ist ein paarmal bei uns im Haus gewesen. Aber er und Chet sind immer irgendwo anders hingegangen, um sich zu unterhalten. Sie haben nie in meiner Gegenwart gesprochen."

„Kennen Sie seinen Namen?"

„Washington. Earl Washington. Der lebt ganz weit draußen in Hunters Point, Oakdale Street meine ich. Ich weiß sonst gar nichts über den Mann, Mr. Kovachs."

„Danke, Mrs. Jones. Es tut mir leid, daß ich Ihnen gegenüber ein bißchen ungehobelt werden mußte."

„Sie hatten schon recht, Mr. Kovachs."

„Recht?"

„Über die Weißen und ihre Mitgefühle. Sie werden mir jetzt

gerade sympathisch, bitte verderben Sie's nicht damit, daß Sie Mitleid mit mir haben."

„Gute Nacht, Mrs. Jones. Ich werd morgen zurückrufen. Ich hoffe, ich hab bis dahin was."

„Ich hoffe auch, Mr. Kovachs. Auf Wiederhören."

8.

So um 5.30 Uhr fuhr ich raus zur Short Stop Bar. Ich ging rein, griff mir einen Hocker an der Bar und wartete auf Anzeichen, daß das „Treffen" Formen annehmen würde. Da es in Potrero und nahe dem Seals-Stadium war, war Short Stop eine Arbeiterbar. Aber nicht ausschließlich. Geschäftsleute in Nadelstreifenanzügen, die an Highballs nippten, waren im Short Stop kein ungewöhnlicher Anblick.

Im Gegenteil, von den wenigen Malen her, wo ich meine Ellbogen dort aufgestützt hatte, würde ich sagen, daß es praktisch ein Wasserloch für eine ganze Menge Firmenmanager der Gegend war. Ein Ort, wo sie an schwach beleuchteten, abgelegenen Tischen darauf warteten, sich mit modischen Frauen in verlockenden Kleidern und Glockenhüten mit Schleiern zu treffen.

Ich bestellte mir einen Drink und begann mit dem Barkeeper eine Unterhaltung, während ich auf Leute wartete, die ich noch nicht mal kannte und die ein Treffen durchführen sollten, dessen Zweck höchstens erraten werden konnte.

„Ich soll hier 'nen Kerl treffen", sagte ich und nippte an meinem Drink. „So'n Kerl namens Spike Boggs. Je von dem gehört?"

Der Barkeeper hatte eine Stimme, die so müde war wie die Witze vom letzten Jahr. Seine Enthusiasmus-Skala war auf Schnarchen gestellt. „Wir haben hier 'ne Menge Kerle, die Spike Boggs heißen", sagte er, während er die Theke mit ei-

nem feuchten Lappen wischte. Er war wahrscheinlich gar nicht mal so'n Griesgram. Er war es nur müde, während der letzten 30 Jahre immer wieder dieselben Fragen zu beantworten.
,,Ja?" sagte ich. ,,Also, dieser Spike Boggs hat mir gesagt, hier wäre um 6 Uhr so'n Treffen und daß ich mich dazusetzen könnte, wenn es den andern Jungs recht wäre."
,,Treffen? Die einzigen Treffen, die wir hier haben, sind die von'n paar Kerlen, die sich die Reinerhaltungs-Liga nennen. Irgend so was. Ja, die kommen hier alle zwei Wochen oder so rein, sitzen da drüben." Der Barkeeper deutete über meine Schulter auf zwei Tische hinter dem Billardtisch. ,,Kann da niemanden sehen. Sind Sie sicher, daß es heute sein soll?"

,,Das hat jedenfalls Spike gesagt."

,,Kenn niemand namens Spike. So'n Säufer namens Duffy organisiert das Ganze. Also, wenn Sie mich fragen, das ist nur 'ne Horde von Verrückten. Aber die machen keine Möbel kaputt, und sie trinken einen ganzen Ozean von Bier. Warum soll ich mich also beklagen?"
Der Barkeeper sagte mir, er werde mir Duffy oder auch jeden anderen aus der Gruppe zeigen, sobald sie reinkämen. Ein paar Minuten später kam er zu mir. ,,Der Kerl in dem Flanellhemd", sagte er, ,,der da die zwei Riesenkrüge trägt, das ist Duffy. Der Kerl neben ihm ist seine rechte Hand, aber seinen Namen hab ich vergessen."

Ich bestellte mir ein Bier und folgte Duffy und seinem Freund an deren Tisch. ,,Tachchen!" sagte ich und trank einen mannhaften Schluck Bier, während ich gleichzeitig versuchte, die Grimasse zu unterdrücken, welche der Angriff des Gerstensaftes auf meine Geschmackszäpfchen verursachte. Ich hatte ganz vergessen, wie sehr ich den Geschmack von Bier verabscheute.
,,Na, wer sind Sie denn?" fragte derjenige namens Duffy argwöhnisch.
,,Werd' Spike genannt. So'n paar Jungs, die ich unten von der Pacific-Werft kenne, haben mir gesagt, Sie würden hier heut'

abend so'ne Versammlung abhalten. Ich hoffe, daß Sie noch neue Mitglieder aufnehmen."

,,Was für Jungs bei Pacific?" sagte der andere Mann. Ein junger Bursche Mitte 20, er trug ein mit dem Buchstaben seiner Oberschule verziertes Jackett, eine rote und weiße Angelegenheit, auf der der Name ,,Bucky" über ein kompliziertes Wappen gestickt war, das mehr aussah wie ein Köter, der gerade pinkelt, als irgendwas Edles, was vielleicht gemeint war. Er war so ein blendend sauberer Typ. So der Junge, der es in jeder Sportart in die erste Mannschaft bringt, der Schülersprecher wird und mit dem schönsten Mädchen der Schule ausgeht.

,,Keine Ahnung", sagte ich. ,,Einfach so zwei Jungs, die ich zwei- oder dreimal in der Bar getroffen hab. Hab sie gestern abend noch gesprochen. Haben mir von der Versammlung erzählt. Haben gesagt, ich wär vielleicht willkommen."

Duffy, ein breiter, simpel aussehender Kerl mit fettig blondem Haar, schaute zu dem anderen rüber, der mit den Schultern zuckte. Duffy schaute wieder zurück zu mir. ,,Na, ich glaub, schaden kann's nicht", sagte er. ,,Ich mein, wir sind schließlich keine geheime Brüderschaft oder so was. Klar, warum nicht. Solang Sie nur dafür sind, daß die Nigger aus dem Baseball rausgehalten werden."

Ich legte die Hand über die Brust. ,,Jungs, das ist ein Anliegen, für das ich zu kämpfen bereit bin."

Die beiden standen auf und schüttelten mir die Hand und stellten sich anstandsgemäß vor. Als endlich die Nettigkeiten hinter uns lagen, ließen sich fünf weitere ,,Liga"-Mitglieder an unserem Tisch nieder. Duffy erzählte ihnen von mir, und keiner schien sich auch nur ein bißchen darum zu kümmern. Ihr Hauptgedanke war, Bier in den Magen zu kriegen, bevor die Sitzung begann.

Bis Viertel nach sechs waren drei weitere Leute zu uns gekommen. Einer war genau wie ich zum ersten Mal da. Damit fühlte ich mich schon ein bißchen erleichtert. Die meisten Männer waren jung und sahen athletisch aus. Die Mehrzahl hatte die Oberschule vor kaum mehr als 5 oder 10 Jahren verlassen.

Duffy war älter, etwa mein Alter. Genau wie zwei oder drei andere auch. Einer, ein Bursche, den jeder Myron nannte, hatte eine Eisenhandlung. Duffy arbeitete für die Stadt, und mindestens drei andere kamen von der Pacific-Werft. Wenn man es nicht besser gewußt hätte, hätte man diese hopfengetränkte Zusammenkunft für das monatliche Treffen der örtlichen Mitglieder des Rotary Clubs oder der Freimaurer halten können. Aber was wußte ich denn schon, vielleicht war es das auch. Um halb sieben stand Duffy auf und donnerte mit einem leeren Bierkrug auf den Tisch. ,,Okay!'', sagte er. ,,Ihr Kerls haltet jetzt alle den Rand, damit es losgehn kann.'' Es trat Ruhe ein. ,,Okay, auf der Tagesordnung steht nur eine Sache, und das is das Spiel Samstag abend. Ich geb das Wort an Myron weiter, der uns erzählt, wie der Plan aussieht.''

Begleitet von lautem Gröhlen und dem Klang von Biergläsern, die auf den Tisch gehauen wurden, stand Myron auf. Er war Mitte 40 und dünn. Er trug ein schreckliches rotkariertes Sportjackett, das wie das Testbild auf einem Fernsehschirm aussah. Ein kleiner Schnauzer stand über einem Paar dünner, gerader Lippen. Er sah wie eine Figur aus The Great Guildersleeve aus, und er machte den Eindruck, als wisse er alles, was man über Flügelschrauben und Gummidichtungen wissen konnte, aber auch nicht viel mehr.

Er lächelte und hielt seine Hand hoch, um die fröhliche Runde zur Ruhe zu bringen. ,,Danke, Jungs'', sagte er. ,,Also, wie jeder weiß, ist das große Spiel zwischen den Auswahlmannschaften von Feller und Paige Samstag abend im Seals-Stadion.''

,,Um Himmels Willen, Myron'', unterbrach einer der jüngeren Männer in Arbeitskleidern. ,,Jetzt mach mal flotter, klar. Ich muß ganz schrecklich pinkeln gehen.'' Alle brüllten vor Lachen.

,,So wie ich dich kenne, Slater'', sagte Myron, ,,machst du wahrscheinlich direkt in die Hose.'' Er lächelte nicht. ,,Okay, es ist also im letzten Treffen beschlossen worden, daß wir versuchen, soviel Leute wie möglich aufzutreiben.''

,,Und es den Niggern geben!" schrie jemand vom entfernten Ende des Tisches. Der Rest der Jungs pfiff und klatschte und haute mit den Gläsern auf den Tisch als Zeichen der Zustimmung.

,,Das stimmt", fuhr Myron fort. ,,Meine Eisenhandlung stellt zwei Dutzend Abfalleimerdeckel und eiserne Schöpflöffel zur Verfügung, die für Lärm sorgen, plus die Materialien, um ein großes Spruchband zu machen, das wir über den Zaun vor der Tribüne spannen können."

,,Heh, Myron", unterbrach einer der jüngeren Männer, der genauso wie Duffys Freund Bucky eine Jacke mit den Anfangsbuchstaben seiner Oberschule trug, ,,wie wär's mit ein paar Pfund Schraubenmuttern, die wir den Niggern an den Kopf werfen können?"

In diesem Moment stand Duffy auf. ,,Jetzt hört mal her, Jungs", sagte er und grinste bis zu den Ohren, ,,was ihr nach dem Spiel macht, ganz für euch alleine, das is eure Sache, aber das hier is 'ne öffentliche Demonstration. So wie 'ne Anfeuerungsgruppe. Nichts außer Buhrufen und Niggerärgern. So'n Zeug. Wir wollen keine Kämpfe auf der Tribüne. Jeder Idiot, der irgendwas in dieser Richtung anfängt - während dem Spiel -, wird es mit mir persönlich zu tun kriegen, verstanden?"

Duffy setzte sich, und Myron hatte wieder das Sagen. ,,Das stimmt, Jungs. Unser Anliegen bei dem Spiel ist es, jeden wissen zu lassen, daß wir besorgte Bürger sind, die sich Gedanken über die Zukunft unseres Nationalsports machen. Wir glauben zwar, daß es durchaus in Ordnung ist, wenn Mannschaften der beiden Rassen übers Land ziehen und spielen, aber wir glauben, wenn beim Baseball Tür und Tor aufgemacht um noch weitere Farbige reinzulassen, daß dann das Spiel kaputtgehen wird."

Die Jungs brüllten wieder Beifall und schlugen auf den Tisch. Myron hielt die Hand hoch. ,,Irgendwelche Fragen wegen Samstag abend?"

Ein älterer Mann, der an einer Zigarre kaute, stand auf.

,,Ja, ich hab 'ne Frage. Ich hab gehört, daß Bill Veeck selbst bei dem Spiel dabei sein wird, um sich zwei von unsern Niggern anzusehen, die bei den Frisco Blues spielen. Ich will wissen, ob das wahr is.''
Myron zuckte mit den Schultern und schaute rüber zu Duffy. Duffy stand auf. ,,Das hab ich auch gehört. Aber ich hab auch gehört, daß einer von den Dschungelhäschen, die er sich angucken soll, vorige Woche abgekratzt is. Vielleicht war die Aufregung für ihn zu groß.'' Ich schaute den Tisch hinunter und sah, wie die zwei Männer von Pacific kicherten und sich gegenseitig in die Rippen stießen.
,,Wie is das mit dem andern?'' wollte der Mann mit der Zigarre wissen. ,,Kriegt er immer noch 'ne Chance?''
Duffy zwinkerte ihm zu. ,,Es gibt da schon Wege, um alle Beteiligten davor zu warnen, dieses Probespiel zu ernst zu nehmen. Mehr kann ich darüber nicht sagen.''
,,Ich mein, wenn all das wahr is'', sagte einer der Männer, ,,dann sollten wir mal rausfinden, wer dieser Nigger is, und ihm ganz gehörig 'nen Schrecken einjagen.''
Die Jungs knallten ihre Gläser auf den Tisch und lachten. ,,Wir haben da eine Reihe von Möglichkeiten ins Auge gefaßt'', sagte Duffy geheimnisvoll. ,,Wär vielleicht 'ne wirklich gute Idee, wenn'n paar von euch Jungs nach dem Spiel noch da bleiben würden.'' Dann setzte er sich.
Myron wollte gerade noch ein paar Fragen aus der Gruppe annehmen, als zwei weitere ,,Baseball-Liebhaber'' zu dem Treffen hinzustießen. ,,Conley und Watt!'' rief jemand. ,,Wird auch Zeit, daß ihr beiden Plattfüße endlich kommt. Die Versammlung ist schon fast vorbei.'' Ein paar Sekunden halbwüchsigen Tamtams folgten. Ich beobachtete mich, wie ich selbst mitmachte und mit den Füßen stampfte und einen Aschenbecher auf den Tisch hieb. Als ich mir die Neuankömmlinge genauer ansah, begann mein Herz wie die Schlagzeugabteilung einer marschierenden Musikkapelle zu schlagen. Sie waren zwar nicht in Uniform, aber die Identität der beiden Spätankömmlinge stand außer Zweifel. Conley war der

diensthabende Sergeant, dem ich die Informationen im Justizgebäude aus der Nase gezogen hatte, und Watt war der Polizist, der Chet Jones in der Streikpostengruppe vor Sears zusammengeschlagen hatte.

Ich zog meinen Hut tiefer über die Augen und ließ meinen Kopf auf die Brust sinken. Conley und Watt waren voll damit beschäftigt, den Vorsprung der anderen beim Bierverbrauch aufzuholen, und nahmen keine unmittelbare Notiz von mir.

Myron schwadronierte eintönig fort über die Pflicht des weißen Mannes, Baseball ,,rein und gesund" zu erhalten, wie er sich ausdrückte, und darauf zu bestehen, daß jeder Briefe an die Zeitungen wie auch an die Vereinsbesitzer in der ersten und zweiten Liga schreiben solle, um ,,dem Standpunkt des weißen Mannes" Ausdruck zu geben. Er erinnerte an den Erfolg, den eine solche Kampagne kürzlich gehabt hatte, als sie Charles Graham, den Präsidenten der San Francisco Seals, umstimmte, der ursprünglich einen farbigen Spieler namens Sam Jethroe hatte kaufen wollen, aber dann gezwungen war, öffentlich zuzugeben, daß er zuviel Opposition von der Öffentlichkeit zu spüren bekommen hatte, um die Sache durchzuführen.

Ich dachte schon, er würde niemals aufhören, aber einige von den mit Bier vollgesaugten Eiferern an dem Tisch, die viel Haß, aber wenig Aufmerksamkeit zeigten, begannen miteinander zu sprechen. Und als zwei ,,gute alte Jungs" vom Tisch aufstanden, um sich aufs Töpfchen zu begeben, sprang Duffy auf, schnitt Myron das Wort ab und vertagte die Versammlung mit einer Erinnerung an alle, ja nur früh zu dem Samstagspiel zu kommen und ihre Freunde mitzubringen.

Ich stand vom Tisch auf und versuchte, mich an die Eingangstür durchzuschmuggeln. Aber die Bar war dunkel, und der Rand meines Sonnenschutzes lag tief auf der Nase, was weder für meine Sicht noch für mein Entkommen gut war. Bevor ich auch nur fünf Meter gegangen war, stieß ich mit Duffy zusammen. Er packte mich am Ellbogen und fragte mich, wie mir die Versammlung gefiele. Während ich ihn abzuwimmeln versuchte, kamen Conley und Watt zu uns her, um mit Duffy zu

sprechen. Obwohl mein Gesicht nur teilweise zu erkennen war, starrte Conley mich an.
,,Spike!" sagte er, als ob wir schon seit Vorzeiten Freunde gewesen seien. ,,Hab gar nicht gewußt, daß du hier bist." Er wandte sich zu Watt. ,,Guck, Frank. Ich hab dir doch gesagt, daß er heute im Wachraum vorbeigeguckt hat. Ich kann mir schon vorstellen, daß ihr zwei ganz schön viel Erlebnisse aus der alten Zeit bequasseln könnt, was?"
Watt fand das nicht lustig. ,,Conley", sagte er, ,,soll das 'n Witz sein? Das is gar nicht Spike!"
Conley wandte sich zu mir herum. Er war verdutzt. ,,Aber doch klar, er und ich, wir haben heut nachmittag lang über dich und Captain Schultz und eure Zeit bei den Ledernacken gesprochen." In seinem Hinterstübchen ging ihm eine trübe Funsel auf. ,,Sag mal, Spike, der Captain hat gesagt, er hätt dich heute gar nicht gesehn. Was ist denn passiert? Hast du dich verlaufen oder was?"
Watt wurde ärgerlich. ,,Conley, du Idiot. Ich sag dir doch, der Kerl is nicht Spike. Ich werd doch schließlich meine Freunde noch kennen."
,,Das stimmt, Sergeant", sagte ich und versuchte, ihm soviel Honig um den Mund zu schmieren wie möglich. Durcheinander, an einem Ort wie diesem, dachte ich mir, kann nur helfen. Ich sah mich in die Ecke gedrängt, aber ich schmierte doch weiter. ,,Watt sollte Spike doch schließlich besser als jeder andere kennen. Es war einfach nur ein Fall von Verwechslung. Passiert jeden Tag, selbst den Besten von uns, glauben Sie mir." Ich hob meinen linken Arm vor mein Gesicht und schaute auf die Uhr. ,,Na, Sie werden mich jetzt bitte entschuldigen, ich muß mich wirklich beeilen." Ich begann mich der Eingangstür im Rückwärtsgang zu nähern.
Watt griff an Conley vorbei und packte mich an der Schulter. ,,Nicht so schnell, Schlauberger. Wer zum Teufel bist du denn?"
,,Wer, ich? Ich bin eigentlich überhaupt niemand. Einfach nur jemand, der mal ganz gerne lacht."

,,Na ja, Freundchen, jetzt schau mich mal an. Ich lach jedenfalls nicht.''

,,Na ja, über Geschmack kann man nun mal nicht streiten, oder?''

Watt versetzte mir einen leichten Kniff. ,,Kerlchen, du kommst hier nicht raus, bis ich weiß, wer du bist.''

,,Heh! Was is denn hier los?'' wollte Duffy wissen.

Mit ein paar Sätzen schilderte ihm Conley die Lage. Duffy kratzte sich am Kopf. ,,Heh, Watt'', sagte er, ,,meinst du vielleicht, daß dieser Kasperle ein Spion is?''

,,Meines Erachtens liegst du da ziemlich richtig, Duffy'', sagte Watt. Die drei - Watt, Duffy und Conley - hatten mich umringt, und ich war immer noch mehr als sechs Meter von der Tür entfernt. ,,Ja'', sagte Watt gedehnt und kratzte sein Kinn. ,,Wenn ich so drüber nachdenke, dann kommt's mir so vor, als hätt ich diese Mülltonne schon mal irgendwo gesehn. Stimmt's, Schlaumeier?''

,,Voll getroffen, Watt. Ich bin schon mal irgendwo gewesen.''

Ich und mein großes Mundwerk. Ein rechter Arm kam von Watts Körperseite und wuchtete einen Hammer von zusammengepreßten Knöcheln in mein Brotkörbchen. Ich krümmte mich vor Schmerz.

,,Du lausiger Scheißwurm'', rief Watt. ,,Ich weiß nicht, was du vorhast, aber ich hab's nicht gern, wenn mir irgend jemand ins Geschäft pfuscht, verstanden?''

Ich richtete mich auf und hielt meine Hände hoch. ,,War nur'n schlechter Witz. Keine böse Absicht. Sie haben sich klar genug ausgedrückt.'' Ich tat einen Schritt rückwärts Richtung Tür. Der Blick in Watts Augen zeigte mir, daß er mit mir noch nicht fertig war. Ich konnte Duffys Atem in meinem Nacken spüren. Es gab nur einen Ausweg aus dieser Bedrängnis. Ich machte einen schnellen Schritt rückwärts und stampfte, so fest ich konnte, auf den Boden, in der Hoffnung, mit einem von Duffys Füßen Kontakt aufzunehmen. Ein gigantischer Heuler zeigte mir, daß ich fündig geworden war. Im gleichen Moment ließ ich eine Rechte los, die Watt voll auf der Backe traf.

Dann wirbelte ich herum und rannte zur Tür los. Ich erinnere mich daran, daß ich einen Schritt machte, vielleicht auch zwei. Aus dem Augenwinkel sah ich, wie Duffy herumhüpfte, als ob er für das Finale eines Wettrennens für Einbeinige üben wollte. Dann fühlte ich etwas Großes und Hartes hinten auf meinem Genick. Der Raum begann sich um mich zu drehen wie ein Karussel im Playland. Ich fühlte, wie ich von einem der Pferde runterfiel, ich glaube, es war scheckig, und wie ich langsam auf den Boden stürzte. Bevor die Lichter ausgemacht wurden, konnte ich mich des Eindrucks nicht erwehren, daß das noch so ein Schlamassel war, aus dem ich nicht rauskommen würde, ohne einen Preis dafür zu bezahlen. Aber ich versuchte auch, das Positive daran zu sehen, und hoffte, daß der Preis nur ein paar Stunden auf einem kalten Fußboden und Kopfweh sein würden. Es war immerhin eine Möglichkeit.

9.

Ich hörte, wie jemand meinen Namen rief. Die Stimme war schwach und klang entfernt, als käme sie vom Watt auf der anderen Seite der Bay. Ich hätte sie nicht beachtet und wäre wieder eingeschlafen, aber die Stimme wiederholte ständig meinen Namen und kam mir auch näher. Ich wollte immer noch wieder einschlafen, aber irgend etwas stach mir dauernd ins Gesicht. Ich rollte meine Augen auf und sah, wie eine ungewisse Form sich über mich beugte. Ich konnte den Bürgersteig unter mir spüren. Er war kalt und hart. Als meine Augen sich eingestellt hatten, sah ich Bill Whitney. Er schlug mir gerade wieder ins Gesicht. Ich stöhnte und suchte nach der Beule auf meinem Hinterkopf. ,,Wie lange bin ich denn schon hier gewesen?'' sagte ich schwach.

,,Nur 'n paar Minuten. Als ich nach Hause gekommen bin, hab ich gedacht, es könnte hier doch Schwierigkeiten geben,

also bin ich vorbeigekommen, um dir ein bißchen Unterstützung zu geben."
,,Haben wir gewonnen?"
,,Ich glaub nicht. Als ich rein wollte, flogst du grade durch die Tür wie ein 45-Meter-Freistoß. Du hast mich fast umgeschmissen."
,,Tut mir leid, alter Knabe. Wirst du mir jemals vergeben können?"
,,Bist du in Ordnung? Sieht so aus, als hätten sie dich ganz schön in der Mangel gehabt."
,,Weißt du was, Billy Boy", sagte ich, während ich etwas Kraft zurückgewann und mich in eine sitzende Lage hocharbeitete. ,,Ich les grade dieses Buch von Emile Zola. Du weißt schon, dieser französische Autor; es heißt *L'Assommoir*. In Frankreich ist das immer noch ein ziemlich berühmtes Buch. Ich kann nur nicht rausfinden, was der Titel bedeutet. Wer spricht schon Französisch in dieser Stadt? Es hat mich einfach wahnsinnig gemacht. Dann les ich irgendwas anderes über Bücher aus dem 19. Jahrhundert, und darin steht, daß sich *L'Assommoir* so ungefähr übersetzen läßt wie ,Die Bar, wo man unter den Tisch fallen kann', ich meine, der alte Emile muß an diese Bar hier gedacht haben."
,,Oder an dich. Du bist noch immer ziemlich durcheinander."
,,Laß mich in Ruhe, alter Mann, verflixt noch mal. Wann bist du denn das letzte Mal zweimal am gleichen Tag von der Polizei zu Katzenfutter zerhackt worden? So was macht einen schon nachdenklich."
,,Vielleicht solltest du die Finger von der ganzen Sache lassen. Geh nach Hause und mach dir 'n heißes Bad. Hier, ich helf dir hoch."
Bill Whitney griff mir unter die Arme, während meine Beine sich vom Bürgersteig abstießen. Als ich eine vollständig aufrechte Stellung erreicht hatte, begann mein Kopf zu hämmern, als sei er auf die Abbruchliste geraten und der Eisenball und der Kran hätten schon damit begonnen, ihn abzureißen. Ich zündete mir eine Chesterfield an, so als ob das irgendwie hel-

fen würde. Ich schwankte unter Whitneys Führung ein paar Schritte, bis ich meine Seemannsbeine zurückgewann.
,,Dieses heiße Bad klingt wie eine gute Idee, Brüderchen", sagte ich. ,,Aber ich kann aus dem Fall nicht aussteigen."
,,Hast du was gefunden?"
,,Ja, alter Knabe, hab ich. Ich bin mir nicht so ganz sicher, was, aber es sieht schlimm aus und stinkt wie das Innere von so 'nem alten Stiefel."
,,Dann is Chet Jones ermordet worden?"
,,Ein fünfter Sinn und zwölf schmerzende Rippen würden der Aussage an sich schon zustimmen, Billy Boy."
,,Gehst du zur Polizei?"
,,Ehm, wo meinst du denn hab ich gerade meine Rippen in Soße gebacken bekommen?"
,,Tut mir leid, is mir nur so rausgerutscht. Lichtbogenschweißen bringt den Gehirnskasten zu so was. Na ja, was wirst du dann machen?"
,,Ich glaube, ich nehme das Bad."
,,Ich mein, von wegen dem Mord an Jones."
,,Ich muß da noch 'ne Menge Einzelheiten aufklären, bevor ich überhaupt irgend etwas machen kann."
,,Was für Einzelheiten? Is es denn nicht offensichtlich, daß einige von den Kesselschweißern ihn über die Klinge haben springen lassen? Das Motiv war ja da, wenn das, was bei Pacific im letzten Monat passiert is, überhaupt irgendwas bedeutet."
,,Ja, damit fangen wir mal an. Aber diese Sache reicht weiter als so'n paar Radikale mit Schweißgeräten. Ich meine, das Ganze ist von anderen Leuten vertont worden, verstehst du mich?"
,,Nein."
,,Na ja, ich auch nicht. Und jetzt, mein Freund, wenn du mich in die Richtung 17. Straße drehst, wo ich mein Roß angebunden habe, dann werde ich dir Adieu sagen."
,,Du schlägst jedem Faß den Boden aus, Riley, weißt du das?"
Ich tippte kurz an meinen Hut, denn wer konnte in meiner

Lage schon anfangen darüber zu streiten? Bill Whitney drehte mich langsam um meine Achse, bis ich in Richtung der 17. Straße blickte. ,,Meinst du, du schaffst es alleine?" fragte er zweifelnd.
,,Es wird leicht sein, mein Freund, ein Kinderspiel. Ein Kinderspiel", sagte ich, während ich Potrero runterging, in Richtung auf mein Auto.

10.

Ich ließ mich in der Badewanne einweichen, bis der Dampf so dick wurde, daß ich Schwierigkeiten beim Atmen hatte und meine Fingerspitzen zusammengeschrumpelt aussahen wie zehn Forellen, die gleichzeitig fressen. Ich verlor das Gefühl für die Zeit, aber ich muß fast eine Stunde in der heißen Nässe verbracht haben. Ich hatte das Radio angestellt, bevor ich mir die Behandlung à la gekochter Krabbe gab, und ,,It Pays To Be Ignorant", das um 19 Uhr kommt, hörte gerade auf, als ich ins Wasser sprang. Ich kam erst wieder heraus, als Brad Runyon den letzten ,,Fat Man"-Fall gelöst hatte. Das war 20.30 Uhr Bulova-Uhrzeit.
Um 21 Uhr saß ich am Telefon, mit 'ner Tasse schwarzer Brühe und einer brennenden Zigarette. Ich suchte Earl Washingtons Telefonnummer in der Oakdale Street. Ich fand seine Nummer im Telefonverzeichnis und ihn selbst zu Hause. Er war durchaus freundlich, als ich ihm erzählte, ich arbeitete gerade für Ruby Jones. Aber als ich bezüglich der Soldatenerfahrung ihres verstorbenen Mannes nachfragte, wurde er verschlossen wie eine Auster. Ich konnte nichts herausfinden, außer daß sie beide in der Marine gedient hatten und nicht zum Einsatz gekommen waren.
Ich drehte eine Weile am Radioknopf rum, bevor ich mir statt der allerneuesten Marktschreierei von Fulton Lewis schließlich

Philo Vance aussuchte. Was verschwieg Earl Washington mir, fragte ich den gefürchteten Radiodetektiv. Waren er und Chet Jones in irgendwelche Schwierigkeiten geraten? Hatte das irgendwas mit Chet Jones' Tod zu tun? Mit Watt? Captain Schultz? Hatte das irgendwas mit Rassenproblemen zu tun? Es war ja kein Geheimnis, daß die Marine einen besonders schlechten Ruf hatte, wenn es um die Beziehung der beiden Rassen untereinander während des Krieges ging. Bis zum letzten Kriegsjahr hatte die Marine ein nach Rassen getrenntes System für Ausbildung und Aufgaben. Die meisten farbigen Matrosen arbeiteten entweder in den Offiziersmessen oder schufteten in Arbeitsbataillonen. Viel mehr als das wußte ich allerdings auch nicht. Vielleicht war es das heiße Bad mit seinen lindernden Auswirkungen, denn es dämmerte mir, daß ich jemanden kannte, der die Antworten zu einigen Fragen wissen könnte. Zumindest Fragen zur Marine.

Vernell Leggett war Reporter für die *Sun*, die Zeitung für Farbige in der Stadt. Ich hatte ihn vor dem Krieg kennengelernt, als ich unten am Hafen an einem Fall arbeitete. Damals war er in der Schauergewerkschaft. Er war in der NAACP aktiv gewesen und hatte gerade im Zeitungsbereich zu arbeiten begonnen. Seitdem der Krieg vorbei war, hatte ich ihn erst einmal gesehen, aber ich erinnere mich, daß er mir gesagt hatte, er habe in der Marine gedient.

Im Telefonbuch war er nicht zu finden. Ich würde ihn am nächsten Morgen in der Redaktion der *Sun* besuchen müssen.

Einen Anruf bei Levi Williams schob ich bis zuletzt raus. Ich hatte noch nicht Zeit gehabt, alles, was ich in dem Short Stop gehört hatte, zu überdenken, aber das hatte sich nicht so angehört, als ob diese Jungs damit zufrieden sein würden, auf der Tribüne zu sitzen und auf Mülleimerdeckeln herumzuhauen und Leute zu beschimpfen. Falls das Augenzwinkern von Duffy irgendwas bedeutete, dann war noch etwas anderes zu erwarten.

Bei Williams war besetzt, also rief ich Nate Murphy an und erzählte ihm von dem Paige / Feller-Spiel und der radikalen

Anfeuerungsgruppe, die kommen würde. Ich wußte, das wiederum würde ihn interessieren. Die kommunistische Partei hatte es sich zum Anliegen gemacht, die Pazifikküsten-Liga rassisch zu integrieren. Und die Ortsgruppe der Nationalen Seemannsgewerkschaft hier in Frisco hatte sich dadurch beteiligt, daß sie einen öffentlichen Aufruf herausbrachte, der forderte, daß die Arbeiterbewegung und die progressiven Elemente in der Stadt Druck auf die Clubleitung der Seals ausüben sollten, um farbige Baseballspieler in den Verein zu bringen. Nate war interessiert. Ich sagte ihm, er solle unter den Baseballfans bei den Streikenden vor Sears und auch unten in der Gewerkschaftshalle die Nachricht verbreiten, daß sie bei dem Spiel Spaß haben könnten. Ich meine, ein Duell zwischen Rapid Robert Feller und Satchel Paige um die endgültige Klarstellung, wer denn nun der beste Werfer im Baseball sei, und das direkt hier bei uns im Seals-Stadion! Wer wollte so was schon verpassen?

Zwanzig Minuten später kam ich bei Levi Williams durch. Er wollte nicht mit mir sprechen, aber das wußte ich schon. Bevor er eine Möglichkeit hatte, den Hörer wieder aufzulegen, erzählte ich ihm kurz und schnell, daß es durchaus möglich sein könnte, daß es bei dem Spiel am folgenden Tag Schwierigkeiten geben würde. Als er antwortete, daß es immer Schwierigkeiten geben könne, wenn Weiße und Schwarze zusammenkommen, schnitt ich ihm das Wort ab und informierte ihn, daß das Ziel der Störungen vielleicht sein Sohn sein könnte und daß zu denen, die etwas gegen das Spiel hatten, eine Gruppe von fliehstirnigen Neandertalern von der Pacific-Werft gehöre.

Eine lange Minute sagte er gar nichts. Dann erzählte er mir, er werde sich schon um seinen Sohn kümmern und daß es schon des ganzen Staates Mississippi und noch einiger mehr bedürfe, um Josh davon abzuhalten, zu spielen und in die Oberliga zu kommen. Seine Stimme zitterte vor Wut. Ich wußte, daß das nicht gegen mich persönlich gerichtet war, aber ich war die einzige Person am Telefon, so daß es schwierig war, nicht darauf zu reagieren. Schließlich sagte er mir, ich solle meine Nase aus seinen Angelegenheiten raushalten und ihn nie wieder belästigen. Ich hängte auf. Man mag mir ja allerhand vorwerfen, aber ich dränge mich schließlich anderen Leuten nicht auf.

Die Melodien von der ,,Slumber Hour" gingen mir allmählich unter die Haut. Ich drehte das Radio ab und holte meine Ausgabe von *L'Assommoir* wieder hervor und öffnete sie auf der Seite, wo ich vor mehr als einer Woche aufgehört hatte. Für die nächste Stunde war ich in Paris.

11.

Als allererstes rief ich am nächsten Morgen die *Sun* an. Sogar vor meinem Kaffee. Ich bekam erzählt, daß Vernell Leggett erst am Nachmittag im Büro sein werde. Ich flehte die Stimme am anderen Ende der Telefonleitung um seine Privatnummer an, sagte, ich sei ein guter alter Freund und daß es sehr wichtig sei, ihn sofort zu erreichen. Die Empfangsdame schrieb meine Nummer auf und sagte, sie werde sie an Leggett weiterreichen, und wenn ich ein guter alter Freund sei, wie ich gesagt hätte, und wenn es dringend sei, wie ich gesagt hätte, dann werde Mr. Leggett mich sicherlich anrufen. Punktum. Ende der Unterhaltung.

Fast eine Stunde saß ich am Telefon und wartete darauf, daß er anrufen würde. Ich drehte meine Däumchen, bis sie weh taten. Ich trank ein paar Tassen Kaffee und las die Sportseiten der Zeitung der letzten Woche durch, die neben dem Herd aufgestapelt waren. Ich wurde gezwungen, die schmerzliche Niederlage der Browns durch die LA Dons vom letzten Sonntag noch einmal nachzuerleben. Erste Niederlage nach einer Serie von 11 Siegen. Geschlagen durch einen Weitschuß, der von einem Kerl getreten war, der gar keine Zehen hatte!

Die Zeit verstrich, und ich kam nicht weiter, so daß ich mich entschloß, das Risiko einzugehen und etwas Abenteuerliches zu unternehmen. Ich zog mich an. Meine Muskeln kreischten vor Schmerz, als ich mein Unterhemd anzog, und das Schnüren meiner Schuhriemen war eines der schwersten Unternehmen, die ich seit Jahren erlebt hatte. Aber nichts war gebrochen, und außer den schmerzenden Nieren und dem Golfball hinten an meinem Kopf kam ich mir doch ziemlich gut davongekommen vor. Es hätte viel schlimmer sein können. Manchmal ist dieser Gedanke - es hätte noch viel schlimmer sein können - so ungefähr das einzige, was mich auf Trab hält. Ich meine, in der Lage zu sein, auf den eigenen Füßen aus dem Haus zu gehen, nachdem man von den Bösewichtern verprügelt worden ist, ist eine Möglichkeit, es ihnen zu geben. Ihnen zu zeigen, daß man noch quicklebendig ist. Das muß sie ja fürchterlich ärgern.

Nachdem ich nun angezogen und bereit war, mir ein richtiges Frühstück in meinem Lieblingsrestaurant zu kaufen, ging ich hinaus in den sonnendurchtränkten Frisco-Morgen. Aber ich kam nicht weit. Zwei Wachtmeister in einem Polizeiauto, das am Straßenrand geparkt war, sprangen heraus und boten mir an, mich in die Innenstadt mitzunehmen. Ich dankte ihnen, versicherte ihnen aber, daß, falls nicht jemand meinen eigenen Eimer voller Schrauben geklaut hätte, ich diesen anstelle ihres Fahrzeugs nehmen würde. Aber sie ließen sich nicht abschütteln. Sagten, das Staatsanwaltsbüro hätte gerne eine kleine Unterhaltung mit mir. Ich war nicht in der Lage, das abzulehnen. Von Garth Cane hatte ich gehört. Er war ein überaus rühriger Rechtsanwalt, der vor ein paar Jahren bei diesem Nob Hill-Mordfall, der zum Gespräch der ganzen Stadt geworden war, den Sprung in die Schlagzeilen geschafft hatte. Er war altes San Francisco. Geld, Boalt Hall-Juraausbildung, mit guten Verbindungen. Ein aufgehender Stern in der republikanischen Partei. Oder war es die demokratische Partei? Manchmal ist das in dieser Stadt schwer auseinanderzuhalten. Jedenfalls ganz bestimmt 'ne Figur für Rathaus oder Landtag. Im Augenblick seine Zeit als stellvertretender Staatsanwalt absitzend.

Er saß gerade an seinem Arbeitstisch, als ich von meiner Polizeieskorte hineingeführt wurde. Er stand auf, um mir die Hand zu schütteln. Ich vermute, daß das für einen Kerl mit seinem Ehrgeiz ganz einfach ein motorischer Reflex gewesen sein muß.

,,Setzen Sie sich, Mr. Kovachs'', sagte er. Er sagte es nicht drohend, aber mir kam es so vor, als sei ich in das Büro des Direktors gerufen worden, weil ich im Korridor herumgerannt war.

Er nahm die einzelne braune Akte von seinem Arbeitstisch hoch und schlug sie auf. Er erhob sich von seinem Stuhl und begann, quer durch den Raum hin und her zu gehen.

,,Riley Kovachs'' sagte er, während er aus der Akte las. ,,Privatdetektiv. Lizenznummer 137597. Seit 1931. 1934 Haftbefehl erteilt in Verbindung mit einem Mordfall im Hafengelände. 1939 im Zusammenhang mit der Kingston-Affäre verhaftet und dann wiederum letztes Jahr während des Gewerkschaftsstreites in Oakland. Eine ziemlich bunte Karriere, nicht wahr, Mr. Kovachs?''

,,Ja, ich bin ein böser Schlingel gewesen.''

,,Drei Verhaftungen in einem Dutzend Jahre. Keine besonders gute Vergangenheit, Mr. Kovachs.''

,,Na ja, es hätte mehr geben können, aber, sehen Sie, da kam der Krieg und hat mir gewissermaßen dazwischengefunkt.''

,,Sie werden mir gegenüber sarkastisch, Kovachs. Das mag ich nicht.''

,,Sagen Sie mal, haben Sie die zwei Plattfüße gezwungen, mich hierherzukarren, nur damit Sie mir mein Sündenregister vorlesen können? Eine Postkarte hätte dem Steuerzahler 'ne ganze Menge Hühner gespart.''

,,Sie scheinen da was nicht zu verstehen, Kovachs'', sagte Cane und strich sich mit den Fingern durchs Haar. Er ging wieder zu seinem Arbeitstisch zurück und setzte sich auf die Kante neben mir. ,,Sie stecken da in 'ner ganzen Menge Schwierigkeiten.''

,,Hab ich vergessen, mich in die Wahlliste eintragen zu lassen?

Ich Dummerchen. Und das, wo die Wahl jetzt gerade bevorsteht."

„Ich fürchte, die Sache ist noch viel schlimmer. Es scheint, daß Sie gestern abend einen Wachtmeister außer Dienst angegriffen haben."

„Also, warum haben Sie das nicht gleich gesagt. Klar, erst hab ich seine Faust mit meinem Hinterkopf zerquetscht. Und dann hab ich ihn ganz fertiggemacht, indem ich das Bewußtsein verloren hab und raus auf die Straße geschmissen worden bin. Ich bin schon ein Scheusal, Sie brauchen mir das nicht erst zu erzählen."

„Nach Wachtmeister Watts Bericht haben Sie ihn mit Worten in einer Kneipe namens Short Stop Bar belästigt, und als er eine Entschuldigung verlangte, haben Sie ihn geschlagen."

„Fügen Sie das dem Schneewittchen hinzu, und Sie haben zwei Märchen auf einmal. Aber eine von den Figuren hat kein glückliches Ende gefunden. Wollen Sie mir das erzählen?"

Cane lehnte sich nach vorne und steckte sein Gesicht in meines. Der Geruch seines Rasierwassers ließ mich fast ohnmächtig werden. Er war wütend, das merkte ich. Kleine Schweißtropfen sprangen wie Tautropfen unterhalb seines Haaransatzes heraus. „Stimmt, Mr. Kovachs. Und der große böse Wolf fragt sich, ob er Sie verhaften lassen soll, Ihnen die Lizenz entziehen soll - oder beides."

„Warum fressen Sie nicht einfach meine Großmutter?"

„Gibt's irgendeinen Grund, warum ich Sie nicht aller Sünden anklagen soll?"

„Keinen, den Sie glauben würden."

„Sagen Sie mir mal. Was haben Sie denn gegen Wachtmeister Watt? Er sagt, Sie wären persönlich gegen ihn motiviert gewesen. Daß Sie Wachtmeister Conley erzählt hätten, Sie seien einer seiner Freunde. Und auch ein Freund von Captain Schultz. Warum in aller Welt haben Sie das denn gemacht?"

„Erzählen Sie mir's doch, Sie haben schließlich meine Akte vor sich."

„Wachtmeister Watt scheint zu meinen, daß es etwas mit ei-

nem Fall zu tun haben könnte, an dem Sie gerade arbeiten. Stimmt das? An welchem Fall arbeiten Sie denn?"
„Vielleicht sollten Sie Watt fragen. Er scheint alle Antworten parat zu haben."
„Ich frage aber Sie."
„Nun meinen Sie ja nicht, ich sei nicht gebauchpinselt."
„Und?"
„Also, Mr. Cane, steht in Ihrer Akte denn drin, daß ich zu der Art Schurken gehöre, die völlig das Rückgrat verlieren, wenn stellvertretende Staatsanwälte sie zu erpressen versuchen?"
„Nun seien Sie doch kein Idiot, Kovachs. Sie lassen die Geschichte fallen, was immer es auch ist, die dazu geführt hat, daß Sie und Wachtmeister Watt sich ins Gehege gekommen sind, und Sie verlassen den Raum so, wie Sie auch reingekommen sind."
„Und wenn ich das nicht mache?"
„Dann entziehe ich Ihnen die Lizenz und bereite eine Anklage wegen Tätlichkeit vor."
Ich griff in meine Manteltasche und holte mein Portemonnaie hervor. Ich öffnete es, nahm meine Lizenz aus dem schon gelb gewordenen Plastikfensterchen heraus und warf sie auf den Arbeitstisch. „Hier, rollen Sie sich 'ne Zigarette draus."
„Ich mache das äußerst ungern, Kovachs."
Ich erhob mich vom Stuhl und begann, zur Tür zu gehen. „Sparen Sie sich das Lügen für Ihre Wähler auf, Cane", sagte ich aus meinem Mundwinkel.
„Ich gebe Ihnen 24 Stunden, um sich die Sache anders zu überlegen, bevor ich Anklage wegen Tätlichkeit erhebe. Meine Tür ist immer offen", sagte er. Ich knallte sie hinter mir zu. Der Krach hallte in der ganzen Länge des Korridors wider.

12.

Ich fuhr fast eine Stunde im Kreis herum, während ich versuchte, mich wieder abzuregen. Ich schrie einen kleinen Jungen auf einem Fahrrad in Potrero Hill an, ohne es wirklich zu wollen. Schließlich parkte ich neben einer Telefonzelle in Noe Valley und rief Vernell Leggett an.

Er war überrascht, von mir zu hören, aber er erinnerte sich an mich, und das war das wichtigste. Ein paar Minuten lang plauschten wir hin und her, um uns gegenseitig über unsere Zeit nach dem Krieg auf den neuesten Stand zu bringen. Dann kam ich zum Kern der Sache.

„Sag mal, Vernell, ich frage mich, ob du vielleicht irgend jemanden kennst, der während des Krieges in Port Chicago stationiert war."

„Klar, 'ne Menge. Schwarz oder weiß?"

„Schwarz. Ich würde gerne mit einem von den schwarzen Matrosen sprechen, die dort gewesen sind."

„Du sprichst schon mit einem."

„Du?"

„Ja. Ich war bis April 44 da. Sag mal, Mann, worauf willst du denn hinaus?"

„April 44 sagst du? Hast du je einen Matrosen kennengelernt, der Chet Jones hieß?"

„Chet Jones? Ein schwarzer Bruder?"

„Ja."

„Chet Jones. Chet Jones. Du meinst doch nicht etwa den Baseballspieler Chet Jones?"

„Genau den."

„War der in Port Chicago?"

„Das möchte ich halt gern wissen."

„Ich glaub ja nicht, daß der da war, als ich da war, aber so ganz sicher bin ich mir da nicht. Zu der Zeit gab's da über 1000 Schwarze. Eine ganz neue Gruppe ist dann gekommen, nachdem ich zum Einsatz gekommen bin. Bei denen hätte er sein können. Ich hab gehört, daß er letzte Woche an einem Un-

fall gestorben ist. Die *Sun* hat die Geschichte gebracht. Arbeitest du dran, Kovachs?"
„Ja."
„Du meinst also, es wär' vielleicht kein Unfall gewesen?"
„Stimmt."
„Was hat denn Port Chicago damit zu tun?"
„Weiß ich nicht. Ich folge einfach meinem sechsten Sinn. Heh! Ich bin schließlich der Detektiv. Ich soll hier doch die Fragen stellen."
„Du hast die Instinkte von 'nem Reporter, Mann. Warum gibst du's denn nicht auf, in dunklen Straßen herumzuschnüffeln, und arbeitest für eine nette weiße Zeitung wie den *Chronicle?*"
„Gute Idee, aber ich hab so das schreckliche Gefühl, daß sie mich an einen Tisch direkt neben Herb Caen setzen. Nein danke. Dunkle Gassen voller langarmiger Gorillas sind viel leichter zu nehmen."
„Ja, ich seh schon, worauf du hinaus willst. Na ja, wie kann ich dir dann helfen?"
„Vernell, wie ich dir schon gesagt habe, ich taste einfach nur so im Dunkeln herum, aber ich könnte vielleicht was greifen, nachdem ich mit einem von den Matrosen gesprochen habe, die im Juli 44 in Port Chicago gewesen sind. Kennst du da jemanden?"
„Klar, ich kenn ein paar. Mann, was soll denn das Ganze?"
„Es bringt Unglück, wenn man über das spricht, wonach man im Dunkeln herumtastet, bevor man's wirklich greifen kann, aber soviel erzähl ich dir doch. Ich glaube, daß Chet Jones vielleicht im Juli 44 in Port Chicago stationiert war."
„Und?"
„Er hätte vielleicht während der Explosion dort sein können."
„Und während der Meuterei?"
„Stimmt. Damals hab ich drüber gelesen, aber an 'ne Menge Einzelheiten erinnere ich mich nur noch verschwommen."
„Na ja, du redest schon mit dem richtigen Spezialisten, der dir die Sache klarmachen kann. Hier bei der *Sun* haben wir eine

ziemlich dicke Ablage über die ganze Sache. Warum kommst du nicht mal rüber und guckst es dir an?"
„Das wär 'ne große Hilfe. Wie steht's mit einigen von den Matrosen, von denen du weißt, daß die da stationiert waren?"
„Klar. Wie ich schon gesagt hab, ich kenn ein paar von den Jungs."
„Werden die auch mit mir reden?"
„Na ja, das weiß ich nun wieder nicht. Ist immer noch ein ziemlich brisantes Thema, mußt du wissen. Mit mir sprechen sie aber schon. Hör mal zu. Gib mir 'ne halbe Stunde, um einen aufzutreiben. Ich bring ihn schon dazu, uns hier bei der Zeitung zu treffen. Wie klingt denn das?"
„Genau das, was ich hören wollte."
Vernell Leggett sagte mir, ich solle neben dem Telefon sitzen bleiben, und er werde mich wieder anrufen. 20 Minuten später rief er an. Er hatte jemanden gefunden, der ihm noch einen Gefallen schuldete. Der Mann war im Juli 44 in Port Chicago stationiert gewesen, als alles in die Luft flog. Leggett sagte, der Mann werde uns in den Büroräumen der *Sun* um 11 Uhr treffen.
Ich erreichte die Adresse der *San Francisco Sun* im Fillmore District kurz vor 10.30 Uhr. Vernell Leggett holte mich an der Eingangstür ab. Wir grüßten uns kurz, und dann führte er mich durch die kleinen Redaktionsräume zu einem Lagerraum, in dem die älteren Ausgaben der Zeitung untergebracht waren. Der Raum war klein und beengt. Ausgaben der *Sun* waren, nach dem Datum geordnet, in tiefen Holzregalen aufgestapelt. In der Mitte des Raumes stand ein großer Schreibtisch, und in einer Ecke nahe dem einzigen Fenster standen zwei Aktenschränke. Vernell Leggett ging rüber zu einem der Schränke und zog eine quietschende Schublade auf. Er holte eine große Akte mit vergilbten Zeitungsausschnitten heraus und reichte sie mir.
„Hier ist sie", sagte er, schob die Schublade des Schrankes wieder zu und brachte die Akte rüber zu dem unaufgeräumten Schreibtisch. „Hol dir einen Stuhl." Er deutete kurz auf eine

Stelle gegenüber den Aktenschränken, wo zwei dünne graue Klappstühle einander gegenüberstanden.
Ich zog mir einen hin zu dem Schreibtisch, wo Vernell Leggett sich bereits hingesetzt hatte. Er öffnete die Akte und begann, die Zeitungsausschnitte vor sich auszubreiten.
„Ja", sagte er, während er sich sorgfältig jeden Zeitungsausschnitt ansah, bevor er ihn zu mir rüberschob, „ich war ein paar Monate vorher da, bevor Chi in die Luft geflogen ist. Ich wußte, es würde in die Luft fliegen. Jeder wußte das. Weißt du, eines Tages schreibe ich ein Buch darüber, was passiert ist. Darüber, was die uns angetan haben. Weißt du, Namen nennen. Sie da treffen, wo es wehtut. Ne ganze Menge davon hab ich in meinem Kopf weggeschlossen, aber da gibt's immer noch 'ne ganze Menge, was ich nicht weiß. Diese verdammte Zeitung läßt mir überhaupt keine Zeit. Aber eines Tages."
Ich blickte rasch von Zeitungsausschnitt zu Zeitungsausschnitt und versuchte, meine Erinnerung an die schreckliche Explosion in Port Chicago, die so viele Männer getötet hatte, wieder aufzufrischen. Und an die umstrittene Rebellion der schwarzen Matrosen, die sich daran angeschlossen hatte. All das lag vor mir in den Zeitungsausschnitten der *Sun*.
Port Chicago, der wichtigste Munitionsumschlagplatz an der Westküste. Im Juli 1944 waren mehr als 1400 schwarze Matrosen dort stationiert, zusammen mit einer Handvoll weißer Offiziere, ein paar hundert Zivilisten und einer Gruppe von Ledernacken, die das Lager zu bewachen hatten.
Bomben und Munition auf Schiffe laden. Das war der einzige Zweck von Port Chicago. Dann verschwand in der Nacht zum 17. Juli 1944 die *E. A. Bryan,* ein Schiff der Libertyklasse, buchstäblich in einer massiven Explosion der 1780 Tonnen hochexplosiven Materials in ihren Laderäumen. Die Explosion vernichtete ein in der Nähe liegendes Schiff, die *Quinault Victory,* 16 Güterwagons, eine Lokomotive, die meisten Ladedocks in der Nähe und das Leben von 320 Männern. 200 von denen waren schwarze Munitionsträger. Weitere 390 wurden verletzt, die meisten davon schwarze Matrosen. Es stand alles

da auf den Seiten der *Sun*. Es war das schlimmste Unglück hinter der Front während des Krieges.
Ich las gerade einen Artikel über die Marineuntersuchungskommission, die vier Tage nach der Explosion zusammengetreten war, um die Ursachen herauszufinden, als sich die Tür der Leichenhalle der *Sun* öffnete und ein Mann hereinkam.
,,Luke!" sagte Vernell Leggett und schaute von seinen Zeitungsausschnitten hoch. ,,Sei nicht so verschämt. Komm doch rein und setz dich ein Weilchen zu uns." Er deutete in Richtung des letzten Klappstuhles, der noch gegenüber den Aktenschränken stand. Luke ging rüber und holte sich den Stuhl, brachte ihn zu der Seite des Arbeitstisches mir gegenüber und setzte sich. Er schaute mich an. ,,Ist das der Mann, der mit mir sprechen will?" fragte er Leggett und starrte mich immer noch an.
,,Ja. Luke, daß hier ist Riley Kovachs. Riley Kovachs, darf ich bekanntmachen: Luke Cornell."
Wir nickten einander zu. Keiner von uns machte den Versuch, die Hand des anderen zu schütteln. Luke Cornell war nicht nervös, aber es war offensichtlich, daß er sich auch nicht gerade wohlfühlte. Er war ein junger Mann - höchstens in den Mittzwanzigern - mit dunklen Gesichtszügen. Dünn und muskulös, wie ein Athlet. Er griff in seine Hemdtasche nach einer Zigarette, zündete sie an und warf das Streichholz auf den Boden. Vernell Leggett kniff ein Auge zusammen. Er schob einen kleinen metallenen Aschenbecher auf dem Tisch in Lukes Richtung. ,,Das hier ist nicht der *Chronicle*, Mann", sagte er. ,,Keine farbige Putzbrigade, die kommt und hinter dir saubermacht." Luke Cornell sagte gar nichts. Leggett kam jetzt zum Geschäftlichen. ,,Wir haben uns gerade über die Explosion in Port Chi und das alles unterhalten. Du warst doch da, Luke, stimmt's?"
Cornell schaute zu mir rüber. Er zog lange an seiner Zigarette und klopfte die Asche in den Aschenbecher. ,,Leggett", sagte er und schaute mich direkt an. ,,Was soll denn das alles? Ist dein Freund 'n Polyp oder so was?"

Leggett grinste. ,,Alles okay, Luke. Alles okay. Kovachs und ich kennen uns schon aus der Zeit vor dem Krieg. Ist nicht von der Polizei. Du brauchst dir darum keine Sorgen zu machen. Ist ein Privatdetektiv und arbeitet für die Witwe von einem schwarzen Bruder namens Chet Jones. Er meint, ..."
Luke Cornell setzte sich kerzengerade in seinem Stuhl auf. ,,Chet Jones? Witwe? Er ist tot?"
,,Dann haben Sie ihn also gekannt?" sagte ich.
,,Ja, ich hab ihn gekannt. Sie sagen, er ist tot?"
,,Er ist hier in der Stadt bei einem Unfall auf der Werft umgekommen."
,,Aber Kovachs meint, daß es vielleicht ein Mordfall wäre", fügte Leggett hinzu. ,,Stimmt's, Riley?"
Ich nickte mit dem Kopf. ,,Es könnte was zu tun haben mit der Zeit, wo er in Port Chicago gedient hat. Deshalb möchte ich gerne mit Ihnen sprechen."
Luke Cornell schüttelte langsam den Kopf hin und her. ,,Chet Jones tot." Er sagte, er sei bereit zu sprechen. Ich war bereit, ihm zuzuhören.
,,Chet und ich, wir sind zusammen nach Chi eingezogen worden", begann er. ,,Zusammen mit ungefähr 300 andern Jungs. Mann, da waren überall Nigger, außer da, wo die Befehle gegeben worden sind. Ich meine, es war ganz und gar schrecklich. Eine Woche, nachdem wir da angekommen sind, hab ich schon gewußt, daß es Schwierigkeiten geben würde. Als ich dahin gekommen bin, hab ich gar nicht gewußt, daß es Chet Jones überhaupt gibt, aber nach dieser ersten Woche hab ich schon gewußt, daß er bei den Schwierigkeiten mittendrin sein würde. Es war einfach nur 'ne Frage der Zeit."
,,Wie haben Sie denn das gemerkt?" fragte ich.
,,Man kriegt ja schnell raus, mit was für 'ner Art Männer man so zusammenarbeitet. Das zeigt sich sehr schnell. Chet Jones war so der Typ, der schnell wütend wird, verstehen Sie? Ich mein, er hat nix dagegen gehabt, Befehle von Weißen zu kriegen, aber er hat was dagegen gehabt, daß man ihn wie 'nen Ackernigger behandelt hat. Wir alle hatten was dagegen. Das

ist ja nun wirklich kein Geheimnis. Aber Chet hat es persönlicher genommen als die meisten. Ich mein, er war die ganze Zeit wütend über die Art und Weise, wie das Ganze gelaufen ist. Er ist nicht rumgegangen und hat den Offizieren Sachen ins Gesicht gesagt oder so was. Aber er hat ihnen auch nicht ins Gesicht gelächelt. Er hat nur gemacht, was seiner Meinung nach die Regeln ihm vorgeschrieben haben. Aber meinen Sie ja nicht, die weißen Offiziere da hätten das nicht gemerkt. Die haben ihn von der ersten Woche an 'nen Unruhestifter genannt. Vielleicht sogar schon früher."

Vernell Leggett unterbrach Luke Cornell. Er schob einen Artikel aus der Sammlung von Zeitungsausschnitten aus der *Sun* quer über den Arbeitstisch und sagte: „Die Offiziere haben jeden einen Unruhestifter genannt, der den Mund aufgemacht hat. Das gibt dir 'ne Vorstellung, wie's in Chicago war, als ich da war. Luke, sag ihm mal, ob sich das geändert hat, als du hingekommen bist."

Leggett verbrachte die nächsten Minuten damit, daß er sich über die Bedingungen verbreitete, unter denen die schwarzen Matrosen auf dem Munitionsladeplatz in der Nordbay arbeiteten. Er beschrieb den Vorgang in Einzelheiten, von dem „Ausbrechen" der Bomben aus den Güterwagen bis zum Transport zu den Schiffen, dem Hochschwenken durch die Ladebäume der Schiffe und dem Hinabsenken in die Laderäume. Er sagte, daß jede Arbeitsdivision aus 125 Männern bestand, und daß diese in 7-Stunden-Schichten auf der engen, bevölkerten Laderampe arbeiteten.

„Die Arbeit hat einem den Rücken gebrochen, Kovachs", sagte er. „Ich sag dir, den Rücken gebrochen! Du bist da runter in den Laderaum und hast dich selbst wieder rausgebaut, indem du Bomben und Munition gestapelt hast. Hab ich Recht, Luke?" Luke nickte. „Wir mußten schaffen wie die Pferde, Kovachs. Billige Arbeitskräfte."

„Was er sagt, stimmt genau", fügte Cornell hinzu. „Nur, als ich hingekommen bin, ist es noch schlimmer geworden. Ich mein, wir haben gehört, wie dicht gedrängt da alles auf der

Laderampe gearbeitet hat. Jeder hat sich drüber beklagt. Es war einfach zu verdammt schmal, um da zu arbeiten. Dann haben sie's im Mai breiter gebaut. Nur haben sie uns dann zwei Schiffe statt eins beladen lassen. Zweimal soviel Männer, zweimal soviel Bomben. Jetzt sagen Sie mir mal, wie das so 'ne Sache sicherer machen soll."

Vernell Leggett schritt wieder ein. „Unten an den Docks, vor dem Krieg, haben wir das, was die Marine gemacht hat, 'Beschleunigung' genannt. Es gibt gar kein anderes Wort dafür. Stell dir mal vor. Da waren 1000, vielleicht 1500 Männer, die hochexplosive Munition und 2000-Pfund-Bomben in die Schiffe geladen haben. Das waren keine Schauer. Das waren junge Kerle, die überhaupt nix von Schiffen verstanden haben und noch weniger von hochexplosivem Zeug. Und die herumkommandiert wurden von diesen Offizieren, die keine Erfahrung im Befehlen gehabt haben. Verdammt noch mal, die hatten auch keine Ahnung von Bomben. Ich mein, so 'ne Katastrophe wartet doch nur darauf, daß sie passieren kann. Hab ich recht? Dann im April, gerade so zu der Zeit, wo ich zum Einsatz gekommen bin, haben sie die Leistung erhöht. Das war 'ne Erhöhung zusätzlich zu 'ner Erhöhung. Die haben die täglichen Tonnageleistungen für die Arbeitsdivisionen erhöht und haben in dem Dockbüro die neuen Zahlen auf die Tafel geschrieben. Dann haben diese blödsinnigen Offiziere auch noch angefangen, die Arbeitsdivisionen gegeneinander anzustacheln, um zu sehen, wer während so 'ner Schicht die größte Tonnage laden konnte. Die haben uns behandelt, als wären wir Pfadfinder in 'nem Sommerlager. Die Arbeitsdivision, die das meiste geladen hat, hat 'nen Film gezeigt bekommen und 'ne Flagge gekriegt, die dann über der Kaserne wehen konnte. Kommst du da noch mit? Verdammte blödsinnige Offiziere, die uns blöde Nigger dazu anstacheln, uns gegenseitig beim Laden von scharfer Munition und Bomben zu übertreffen. Hätten uns genausogut mit Gummikatapulten an die Front schicken können. Wär genauso sinnvoll gewesen. Verdammt noch mal, an der Front hätt ein Bruder zumindest hinter 'nen Baum gehen kön-

nen, um nicht erschossen zu werden. Was für ‘ne Chance hat er denn gehabt, wenn er scharfe Munition in ‘nem Schiffsladeraum herumgeworfen hat?“ Leggett lachte sarkastisch. „Hab ich recht, Bruder?“
Luke Cornell lächelte. „Brauchst du mir nicht zu erklären. Ich meine, die meisten von uns hatten fürchterliche Angst. Bei mir hat‘s genau eine Schicht unten in dem Laderaum gedauert, bis ich wußte, daß das ein Nigger mit ganz schön viel Glück sein müßte, der da wieder lebendig rauskommt. Chet und ein paar andere haben die Offiziere zu so Sachen gefragt. Zum Beispiel, warum Leute, die überhaupt nicht als Kranfahrer ausgebildet waren, die Ladebäume bedienten.“
Leggett unterbrach ihn. „Eines Tages war ich direkt unten an der Laderampe, als ich einen von den Vertretern von der ILWU - ein Kerl, den ich schon von vorher kannte - mit einigen von den Topleuten von der Marine hab sprechen sehn. Als er fertig ist, hab‘ ich ihn gefragt, was denn los wär. Er sagte, die Gewerkschaft bietet der Marine an, die Leute auszubilden, die Ladebäume bedienen. Ist ja auch Zeit, hab ich gesagt. Dann sagte er, die Kerls von der Marine hätten ihm die kalte Schulter gezeigt. Die sind nicht interessiert, sagte er mir. Gibt einem schon ‘ne ganz schöne Vorstellung davon, wie die Marine der Vereinigten Staaten es mit dem Sicherheitsproblem gehalten hat.“
„Ja, die Sache ist wirklich schlimm geworden“, sagte Luke und zündete sich eine neue Zigarette an. „Aber die Kerls von da oben haben uns gesagt, wir sollten uns keine Gedanken drum machen, daß was explodieren könnte. Haben gesagt, daß die Bomben ohne die Zünder harmlos wären.“
„Sie haben also Beschwerde eingelegt“, sagte ich. „Ist denn irgend etwas organisiert worden?“
„Organisiert!“
„Haben die Männer davon gesprochen, daß sie etwas zusammen machen würden?“
„Ja, darüber haben wir gesprochen. Haben viel darüber gesprochen. Einige von den Jungs haben sogar die Köpfe zusam

mengesteckt und ‘nen Brief an die NAACP geschrieben. Aber das war noch, bevor ich hinkam. Nee, wir haben nix organisiert. Ich mein, wie hätten wir das auch machen sollen? Einige von den Arbeitsgruppen haben versucht, die Arbeit zu verlangsamen, aber das war auch schon so ziemlich alles.“

„Nach der Explosion, was ist denn da passiert?“

Luke Cornell nahm einen tiefen Zug aus seiner Zigarette. Eine Wolke von Rauch ergoß sich aus seinem Mund und seinen Nasenlöchern und rollte über die Platte des Arbeitstisches, bevor sie sich auflöste. „Mann“, sagte er, „das war vielleicht ‘ne schreckliche Zeit.“

„Und Chet Jones? Ich möchte gern wissen, was mit ihm passiert ist.“

Es waren schon mehr als drei Jahre seit der Katastrophe in Port Chicago vergangen. Aber wenn man zuhörte, wie Luke Cornell es erzählte, hätte es am Tag zuvor gewesen sein können. „Ich hatte Angst“, sagte er, „das geb ich gern zu. Jeder hatte Angst. Ich meine, ich hab zwei von den Leuten aus meiner Stadt verloren. Haben direkt in meiner Straße gelebt. Und ich hab ‘ne ganze Menge mehr gekannt, die umgekommen sind. Ich meine, da ißt man an dem einen Tag zusammen mit denen, schläft in der gleichen Kaserne und so. Und am nächsten Tag kann man noch nicht mal ein Stückchen Knochen finden, das man ihren Mamas schicken könnte. Alle in der Kaserne waren nervös wie Katzen. Mann, und wir haben noch nicht mal gewußt, was die Chose hat explodieren lassen. Mußten annehmen, es könnt nochmal passieren.“

Vernell Leggett schwenkte einen Zeitungsausschnitt wie eine Fahne. „Du möchtest wissen, was dazu geführt hat, daß Port Chicago sich in einer Rauchwolke aufgelöst hat, Bruder Luke? Na ja, nur um‘s klarzustellen, wir haben die Explosion ausgelöst. Das stimmt. Eintausend bescheuerte, nichtswissende farbige Jungs haben‘s gemacht. Es steht genau hier in dem Bericht des Militärstaatsanwaltes.“

Ich nahm ihm den Zeitungsausschnitt ab und las ein Zitat aus dem Bericht des Militärstaatsanwaltes, der dem Unter-

Suchungssausschuß der Marine vorgesessen hatte. Der Bericht gab an, daß die einstimmige Meinung der Zeugen des Untersuchungsausschusses gewesen sei:

> ‚... daß die farbigen Mannschaften weder vom Temperament noch vom Intellekt her fähig sind, hochexplosives Material zu handhaben... Diese Männer konnten die Befehle, die ihnen gegeben wurden, nicht verstehen.‘

Ich reichte den Zeitungsausschnitt an Luke Cornell weiter. Er schaute ihn sich eine Minute an und warf ihn dann auf den Tisch. „Verdammt noch mal, die Befehle haben wir schon verstanden. Wir haben einfach nur gedacht, sie wären doof und lebensgefährlich. Und wir haben recht gehabt.“

„Also, was haben die Männer denn gemacht, als die Marine die Überlebenden wieder an die Arbeit zurückgeschickt hat?“ fragte ich und versuchte, zum Thema zurückzuführen.

„Wir sind alle mit dem Schiff rüber nach Mare Island gebracht worden. Wir wußten, daß die geplant haben, uns zur Arbeit zurückzuschicken, und wir waren immer noch furchtbar nervös und so. Einige schwarze Brüder haben sogar nachts nach ihrer Mama gewimmert. Das ist Tatsache. Einige von den älteren Jungs haben so‘n Stück Papier rumgehen lassen und haben versucht, all die Jungs dazu zu bringen, es zu unterschreiben und zu sagen, daß wir woanders hin wollten. Na ja, ich brauch Ihnen wohl nicht zu sagen, was draus geworden ist. Nichts! Dann, ungefähr drei Wochen nach der Explosion, und wir alle noch auf Mare, ist dann ein Schiff gekommen und sollte beladen werden. Die zweite, vierte und achte Division haben den Befehl bekommen, hinzugehen und zu beladen. Ich und Chet waren im gleichen Bataillon. Mehr als 300 Männer zusammen. Also, wir haben einfach gesagt, zum Teufel damit, ladet doch euer verdammtes Schiff selbst. Das haben wir gesagt.“

„Damals sind dann doch alle verhaftet worden, Luke, stimmt‘s?“ sagte Vernell Leggett.

„Ja. Einige von den Männern haben sich einschüchtern lassen und sind zur Arbeit gegangen. Aber nur ungefähr 70. Wir an dern sind verhaftet und auf ein Schiff draußen in der Bay geladen worden, wo man uns unter der Bewachung von den Ledernacken drei Tage festgehalten hat. Mann, dann haben die uns richtig zugesetzt. Diese wichtigtuerischen weißen Offiziere haben uns gesagt, wir wären nichtsnutzige, lumpige Meuterer und würden alle erschossen werden. Und dann die Ledernacken! Die waren die Schlimmsten. Haben uns alles mögliche genannt, haben uns ohne Grund mit Gewehrkolben geschlagen. Mann, war'n die schlimm. In der Kantine hat es 'nen großen Kampf zwischen denen und einigen von den Jungs gegeben. Der alte Chet und ich waren mitten drin in der verdammten Schlägerei."

Luke Cornell hielt inne, um eine weitere Zigarette anzuzünden. Ich zog mir eine Chesterfield aus meiner Hemdtasche und zündete sie an. Ich steckte mir ein Minzbonbon in den Mund, um den Geschmack zu versüßen, und bat Luke, mir von dem Kampf zu erzählen, der auf dem Gefangenenschiff stattgefunden hatte.

„Also, ich weiß nicht genau, wodurch der Kampf angefangen hat, aber dieser große häßliche Kerl von den Ledernacken kommt da so vorbei und sagt was zu Chet. Ich hab nicht hören können, was er gesagt hat, aber Chet muß es nicht besonders gemocht haben, denn das nächste, was ich seh, ist, daß Chet ihm 'nen Kinnhaken versetzt hat, und der Kampf war losgegangen. Chet ist ziemlich schwer mitgenommen worden, und ich hab 'nen Zahn verloren, als mir einer von den Wachsoldaten eins übergezogen hat und ich aufs Deck gefallen bin."

„Dieser Soldat, der Chet bearbeitet hat. Kennen Sie seinen Namen?"

„Nee. Hab ihn nie zuvor gesehen. War so'n großer häßlicher Kerl, das kann ich Ihnen sagen. War 'ne Beleidigung für seine Mama, so häßlich war der. Und bösartig!"

„Und Sie haben nie seinen Namen erfahren?"

„Nee. Aber so vor ungefähr einem Jahr bin ich an der Bayshore angehalten worden, weil ich zu schnell gefahren bin. Und wer, meinen Sie wohl, läßt mich da an die Seite fahren?"

„Derselbe Kerl, stimmt's?"

„Richtig geraten. Dieser häßliche Köter von den Ledernacken ist jetzt Polizist in San Francisco. Ich hab ihn sofort wiedererkannt."

„Was ist denn nach dem Kampf auf dem Schiff passiert?"

„Na ja, am nächsten Tag haben sie uns von dem Schiff runtergeholt und uns zu 'nem Baseballfeld auf Mare gebracht. Sie haben jeden Ledernacken von dem Lager rübergeholt, um uns mit aufgepflanzten Bajonetten zu bewachen. Verstehen Sie das? Die hatten ihre Bajonette aufgepflanzt! Dann kommt dieser große, alte, dickbackige Admiral da in so 'nem Jeep angefahren. Admiral Wright. Und er fängt sofort an, uns anzuschreien, wir wären ein Haufen von entkommenen Ackersklaven. Sagt uns, wir wären ein Haufen grüngesichtiger Feiglinge, und das, was wir da machen würden, wär Meuterei, und man würde uns vor so 'n Erschießungskommando stellen, wenn wir so weitermachen würden. Dann geht er wieder in seinen Jeep und haut ab. Mann, der alte Kerl hat uns vielleicht 'nen Schrecken eingejagt. Ich meine, wenn ein Admiral einem sagt, daß man erschossen wird, dann stehen die Chancen ziemlich gut, daß man auch tatsächlich erschossen wird.

Das nächste, an das ich mich dann erinnere, ist, daß die Divisionsoffiziere zwei Gruppen bilden und uns sagen, wir sollen uns eine aussuchen und uns aufstellen. Eine Gruppe ist für Jungs, die Befehlen gehorchen und wieder zu den Schiffen zurückgehen werden, und die andere Gruppe ist für die, die immer noch keinen Befehlen folgen werden und keine Schiffe mit scharfer Munition laden werden. Mann, war das 'ne beschissene Sache, wie die versucht haben, uns so auseinanderzureißen. Ne ganze Menge Männer haben nicht gewußt, zu welcher Gruppe sie gehen sollten. Dann erinnere ich mich, wie Chet hochgesprungen ist und gerufen hat, wir sollten alle zusammenhalten und uns bei der Gruppe aufstellen, die keine Befehle entgegennehmen würde. Das muß ich dem Mann lassen, er hatte Mut. Ich meine, die Ledernacken hatten ihre Gewehre

direkt auf uns gerichtet und haben sich nix sehnlicher gewünscht, als ein paar Nigger umzubringen.
Aber Chet, der hat weitergeredet. Er hat grad ein paar Jungs aus der Gruppe, die dafür war, den Befehlen zu gehorchen, wieder rausgekriegt. Dann seh ich den Befehlshaber von den Ledernacken, so 'n kahlgeschorenen Scheißkerl mit so 'nem Nazinamen, wie der den Wachen Befehl gibt, Chet den Mund zu stopfen. Der gleiche häßliche Hund von Ledernacken, der ihn am Tag vorher geschlagen hatte, bevor er ihm mit dem Gewehrkolben eins übergesetzt hat. Es hat fast wieder 'nen Aufstand gegeben, aber die andern hatten Gewehre und wir nicht. Wir sind schließlich keine verrückten farbigen Einfaltspinsel, wie ihr alle denkt. So, als dann alles vorbei ist, sind 50 in der Gruppe, die sich weigert, und 200 in der Gruppe, die sich entschlossen hat, wieder zum Beladen zu gehen. Ich bin kein Held, verdammt noch mal, ich bleib also bei der Gruppe, die wieder in den Munitionsschiffen arbeiten will. Ich wär lieber bei der andern Gruppe geblieben, aber ich wußte, die Jungs würden mehr Schwierigkeiten kriegen, als ich aushalten konnte. Aber es hat doch nix genutzt, bei der gehorsamen Gruppe zu sein. Überhaupt nix. Anstatt uns wieder zur Arbeit zurückzuschicken, wie wir gedacht haben, haben die uns nach Camp Shoemaker geschickt und uns in Einzelhaft geworfen. Dann haben sie uns gezwungen, Sachen über die Jungs in der anderen Gruppe zu sagen, die alle Lügen waren. Und als das vorbei war, haben sie uns alle vor's Kriegsgericht an Ort und Stelle gestellt. Wir sind ausgetrickst worden, mit andern Worten. Einfach ausgetrickst worden."

5„Wissen Sie denn, was mit Chet passiert ist?" fragte ich.

„Also, wir waren ja ganz schön lange in Einzelhaft, aber später hab ich gehört, die Jungs, die in die ablehnende Gruppe gegangen sind, sind wegen Meuterei vor Gericht gestellt worden. War kein richtiges Gerichtsverfahren, wie ich gehört hab. Sind alle verurteilt worden. War aber doch komisch."

„Ja, was war denn das?" fragte ich und holte mir eine neue

Chesterfield aus der Packung. Ich bot Luke Cornell eine an. Er lehnte mit einer Handbewegung ab.

„Chet war nicht in der Gruppe, die für Meuterei verurteilt worden ist."

„Oh?" sagte ich, zündete meinen Tabak an und warf das Streichholz in Vernell Leggetts Aschenbecher.

„Ja. Ich hab darüber gelesen, als ich aus dem Loch gekommen bin. Hab 'ne Liste von Namen gesehen, aber sein Name war nicht drin. Und weil alle, die an dem Ding beteiligt gewesen waren, in alle Winde zerstreut worden sind, hab ich keine Möglichkeit gehabt, herauszufinden, was mit ihm passiert ist."

„Haben Sie irgendwelche Theorien?"

„Na ja, zuerst hab ich gedacht, die hätten ihn umgebracht. Sie wissen schon, dafür, daß er so 'n Anführer und so gewesen ist. Ja, wirklich, ich hab gedacht, die haben den armen Jungen umgebracht. Aber dann, ungefähr vor 'nem Jahr, hab ich seinen Namen in der Zeitung gesehen. Er hat in der Farbigen-Liga Baseball gespielt."

„Was haben Sie sich denn dabei gedacht, als Sie herausgefunden haben, daß er noch lebte?"

„Also, ich will ja nix Schlechtes gegen jemand sagen, vor allen Dingen gegen so 'n Jungen wie Chet, aber ich hab mir doch gedacht, vielleicht hat ihn die Marine drangekriegt."

„Drangekriegt?"

„Ja, Sie wissen schon, also vielleicht haben sie ihn ohne große Strafe davonkommen lassen, so als Bezahlung dafür, daß er die andern verraten hat. Irgend so was. Ich hab überhaupt keine Beweise, selbst wenn's wahr wär, kann ich's dem Mann nicht verdenken. Ich mein, die Führung da hat uns so 'ne Angst eingejagt, daß ein Mann dann gut und gern alles gemacht hat, nur um nicht zusammenzubrechen. Aber nachdem ich in der Zeitung von Chet gelesen hab, hab ich versucht, ihn zu sprechen. Hab rausgekriegt, wo die Blues gespielt haben - das war seine Mannschaft -, und bin zu dem Spiel gegangen. Ich wollt wissen, was mit dem Mann passiert ist. Aber als ich ihn dann ge-

troffen hab, ist er richtig wütend geworden und wollte überhaupt nicht drüber sprechen. Wollt unter keinen Umständen drüber sprechen.
Hat mir so 'n bißchen den Eindruck gemacht, ich hätte doch recht gehabt mit dem, was ich mir so gedacht hab. Aber ich weiß es doch nicht so recht. Und wie ich schon gesagt hab, ich hätt's ihm nicht verdenken können. Überhaupt nicht. Der Mann hat Mut gehabt, und er hat gemacht, was er machen mußte. Das haben wir alle gemacht. Es war 'ne schwere Zeit. Eine wirklich schwere Zeit."
Luke Cornell hörte auf zu sprechen. Er schaute über meinen Kopf hinweg. Ich glaube nicht, daß etwas Besonderes seinen Blick angezogen hatte, er wollte einfach nicht mich anschauen. Auch nicht Vernell Leggett. Er konzentrierte sich auf andere Dinge, die ihm wichtiger waren. Wie zum Beispiel diese Zeit nach dem 17. Juli 1944 - diese wenigen schreckenerfüllten Monate, die ihm und anderen Männern wahrscheinlich lange Zeit nicht aus dem Sinn gehen würden. Vielleicht sogar niemals.
Vernell Leggett unterbrach die Stille. „Hier ist ein Bericht über den Urteilsspruch", sagte er und hielt einen Zeitungsausschnitt aus der *Sun* hoch. „Schau's dir mal an, Kovachs. Diese 50 Jungs eingelocht dafür, daß sie sich geweigert haben, sich in Stücke zerfetzen zu lassen. Ganz schönes Verbrechen, was?"
Ich schaute mir den Artikel an. 10 der 50 „Meuterer" wurden zu 15 Jahren Zuchthaus verurteilt. Der Rest erhielt Gefängnisstrafen zwischen 5 und 12 Jahren. Alle wurden unehrenhaft aus der Marine entlassen.
„Aber glaub ja nicht, Amerika hätte kein Herz", sagte Leggett, sarkastisch. Er breitete vier oder fünf Zeitungsausschnitte vor sich aus und erzählte mir, wie die Schwarzenpresse und die NAACP eine Kampagne in Gang gesetzt hatten, um die verurteilten Männer freizukriegen. Er erklärte, wie Thurgood Marshall ihren Fall aufgegriffen und ihn dem Marineminister vorgelegt hatte. Die Sache erregte landesweit Aufsehen.

,,Es hat 'ne Weile gedauert", sagte er und deutete auf einen der Artikel vor sich. ,,Aber guck mal hier. Im Januar 1946 hat Forestal die Männer freigelassen. Hat sie nach Übersee geschickt für etwas, was die Marine Rehabilitierung genannt hat. Ich würd's ja Exil nennen, aber wir haben sie schließlich da rausgekriegt. Und haben mit dem Finger auf die Rassentrennungspraxis der Marine gezeigt. Haben sie dazu gezwungen, Trainingslager nicht mehr nach Rassen getrennt aufzuteilen, und einige andere Sachen mehr." Leggett wandte sich an Luke Cornell, der immer noch an die Wand starrte. ,,Was meinst du denn, Luke? Ist irgendwas Gutes bei dieser schrecklichen Sache rausgekommen?"

Luke senkte seine Augen und blickte den Reporter an. Er schaute ihn eine lange Minute an, bevor er sprach. ,,Ich kann's nicht so recht sagen. Manche Leute sagen ja, ein bißchen was Gutes kommt aus allem irgendwie raus. Selbst aus den schlimmsten Sachen. Die Männer sind rausgekommen, und das war gut. Aber die haben auch dafür bezahlt. Die Marine hat uns alle 'ne Menge Dreck fressen lassen. Weißt du, was ich meine? Die haben uns niemals wie Männer behandelt. Das ist was, was ich niemals vergesse, egal, wie sehr die Sachen sich von jetzt an noch ändern. Ich weiß einfach, daß ich mit dem leben muß, was passiert ist. Diese Explosion. Meine Kameraden gestorben, und dann das ganze Zeug, was danach gekommen ist. Vielleicht wird es eines Tages in meinem Gehirn wegsterben, aber im Moment heißt es, daß ich nur wenige Nächte gut schlafe. So 'ne Sache klebt lange Zeit an einem Mann."

Vernell Leggett nickte zustimmend. Er hatte nichts von dem Schmerz wegreden wollen, den Luke Cornell und andere immer noch mit sich herumtragen mußten. Die nächsten paar Minuten war es völlig still. Alles war gesagt worden, und ich spürte, daß es ihn viel gekostet hatte, diese Tage noch einmal zu durchleben. Er zündete sich noch eine Zigarette an und stand dann auf. Er ging zur Tür rüber. Vernell Leggett ging mit ihm. Sie wechselten ein paar Worte, und Luke Cornell ging weg.

Leggett kam zu dem Tisch zurück und setzte sich auf die Ecke mir gegenüber. ,,Ja ja'', sagte er in einer leisen, fast fernen Stimme. ,,Eines Tages werde ich das alles mal in einem Buch aufschreiben. Werde es aus dem Blickwinkel der einfachen Matrosen erzählen. Aus dem Blickwinkel der schwarzen Matrosen, die das durchstehen mußten. Ich weiß, daß Luke und die anderen noch 'ne ganze Menge mehr zu erzählen haben. Ne ganze Menge mehr.''

Ich nickte und dankte ihm dafür, daß er Luke Cornell dazu gebracht hatte, mit mir zu sprechen. Ich stand auf, um zu gehen.

,,Hat es dem Fall irgendwie geholfen?'' fragte Vernell.

,,Ja. Ein paar weitere Puzzlestücke haben ihren Weg in das Gesamtbild gefunden. Morgen nacht weiß ich mehr.''

,,Morgen nacht?''

,,Nach dem Baseballspiel im Seals Stadion.''

,,Du meinst das Feller-Paige-Spiel?''

,,Ja.''

,,Ich werd dich noch nicht mal fragen, wie das dazu paßt.''

,,Ich kann's dir sowieso nicht erklären. Nicht mit Sicherheit.''

,,Heh, ich werd für die *Sun* über das Spiel schreiben. Muß den Sportreporter vertreten. Der ist krank. Sollen wir zusammen gehen? Kann dich mit meinem Presseausweis reinkriegen.''

,,Das wär prima, alter Kerl.''

,,Ja, vor dem Spiel mach ich ein Interview mit Satchel. Du kannst mit zuhören, wenn du willst. Sei nur einfach in der Umkleidekabine um 18.30 Uhr.''

Ich dankte ihm für das Angebot und versicherte ihm, daß ich da sein würde. Dann erzählte ich ihm kurz von dem geplanten Unternehmen der Pacific-Coast-Reinerhaltungsliga und schlug ihm vor, es könnte eine gute Idee sein, bei seinen Baseballfreunden unten an den Docks Reklame für das Spiel zu machen. ,,Wird ein verteufeltes Spiel werden'', sagte ich und zwinkerte ihm zu. Wir schüttelten uns die Hände, und ich verließ die Leichenhalle der *Sun.* Er sagte, er wolle sich die Zeitungsausschnitte über Port Chicago noch etwas anschauen. Es war 14.30 Uhr.

13.

Es war ein sonniger Tag in Fillmore. So um die 22 Grad. Warm. Die nachmittägliche Sonne schien mit einer Farbe von altem Gold, einer Farbe, die man auf den Kaffeetischen und Lampen in den Herrenhäusern in Sea Cliff finden kann.
Zwanzig Minuten später erreichte ich das Meer. Das Cliff House, um genauer zu sein. Die Sonne, der Himmel und die meisten Leute waren verschwunden. Verschlungen von einem Nebel in der Farbe von nassem Zement. Und ich war doch gekommen, um den Ausblick zu genießen. Ich mußte die Zeit totschlagen und wollte vom Cliff House entlang der zackigen Klippen bis zu dem Ehrenlegions-Museum zu Fuß gehen. Ich dachte mir, ich könnte unterwegs meine Gedanken ordnen. Ich hoffte, daß der Nebel nicht irgendeine Art Omen sein würde. Ich kaufte mir ein ,,Hot Dog‘‘ an dem Schnellimbißstand neben dem Cliff House, ging dann eine Treppe tiefer, um in dem Musée Mécanique herumzutrödeln. Auf dem unteren Treppenabsatz hielt ich an, um mir Seal Rock anzuschauen, und steckte einen Penny in das Teleskop, um mir die hunderte von bellenden Seehunden, die den großen Felsen gerade jenseits des Strandes manhattanisiert hatten, näher anzuschauen. Nach einer Minute wurde das Teleskop dunkel, und ich ging weiter in das Museum.

Es ist eigentlich kein Museum. Es ist mehr eine Ausstellung mechanischer Spiele und Bilder von der Jahrhundertwende. Na ja, so Dörfer aus Holz mit Püppchen, die sich drehen und hin und her bewegen, mit dreidimensionalen Dias von der Panama-Ausstellung von 1913, die genau hier in Frisco stattgefunden hat. Solche Sachen. Und es gibt da auch ein paar alte Spiele, die noch funktionieren.

Ich komme gerne hierher und spiele mit dem Baseballspiel. Es ist eine Angelegenheit mit Ball und Hebeln. Ein mechanischer Werfer rollt einen Stahlball, und man bedient das Schlagholz, indem man einen Knopf drückt. Der Werfer kann gekurvte Bälle werfen und das Tempo wechseln, so daß es gar nicht so

leicht ist, wie es zuerst klingt. Die gekurvten Bälle liegen mir überhaupt nicht, aber die letzten paar Mal, die ich gespielt habe, bin ich doch besser geworden.
Ich ging hin, holte eine Handvoll Kleingeld aus der Tasche und legte es auf die Glasvitrine. Ich steckte ein 5-Cent-Stück in den Schlitz und stellte mich darauf ein, den Kampf mit dem Mechanismus aufzunehmen, der den Ball kontrolliert. Die ersten drei Bälle rollten an mir vorbei, als hätte ich in einem anderen Teil der Stadt gestanden. Dann traf ich und konnte einmal vorrücken, traf wieder und konnte doppelt vorrücken. Ich hatte mich gerade eingespielt, als der Werfer die Wurfart wechselte und ich völlig danebenschlug.
Ich griff nach einem neuen 5-Cent-Stück, aber meine Hand griff daneben, und das Wechselgeld kullerte runter. Während ich mich hinunterbeugte, um es aufzuheben, konnte ich das Spiegelbild des Golden Gate und der Küste von Marin County in der Glasvitrine sehen. Aber ich konnte noch mehr sehen. In der Ecke des Eingangs stand ein Mann, ein Neger, und er hielt eine Pistole in der Hand. Spiegelungen können einem ja allerhand vortäuschen, aber es sah so aus, als ziele die Pistole auf mich. Ich kam zu dem Schluß, daß es nicht an der Zeit war, Risiken einzugehen, und tauchte unter das Baseballspiel, gerade als ich die Pistole losballern hörte. Die Glasvitrine sprühte lauter Glassplitter über mich.
Einige von dem vielleicht halben Dutzend Museumsbesuchern schrien auf, und ich sah, wie Leute in Deckung gingen. Ich rollte heraus und rappelte mich hoch. Der Mann an der Tür hatte einen Partner, der auch Blei mit sich herumtrug. Ich rannte tiefer in das Museum hinein und suchte nach der nächstgelegenen Deckung. Ich hörte noch einen Schuß und dann noch einen. Ich sprang nach der schützenden Deckung der Musikbox mit den tanzenden Elfen.
Normalerweise hätte ich in meine Jackett-Innentasche nach meinem Schießeisen gegriffen, aber da Cane mir meine Lizenz entzogen hatte, mußte ich auf meine Pistole verzichten oder aber riskieren, von jedem beliebigen Schutzmann festgehalten

zu werden. Aber ich hatte sie sowieso nicht dabei. Es war mir einfach nicht eingefallen, daß ich eine Pistole nötig haben würde, um mir die Seehunde anzuschauen und ein paar Durchgänge an dem mechanischen Baseballspiel zu spielen. Ich Dummerchen.

Ich spähte hinter der Musikbox hervor und sah die beiden Schützen. Sie standen gerade innerhalb des Türrahmens und sahen außerordentlich nervös aus. Sie schienen keine Lust zu haben, mir zu folgen, und wenn es nur aus dem Grund war, daß das Museum keinen Hinterausgang besaß. Sie waren schlau genug zu wissen, daß ihre Schüsse die Polizei ganz flott herbeibringen würde. Schließlich ist das Cliff House eine Touristenattraktion.

,,Komm, wir hauen ab!'' sagte einer der Attentäter und ging rückwärts Richtung Tür.

,,Bist 'n toter Mann, Kovachs'', rief der andere, während er noch einmal einen Blick schweifen ließ, bevor er sich zurückzog.

Nachdem die Männer verschwunden waren, blieben alle Leute noch ein paar Minuten im Museum in Deckung und waren mucksmäuschenstill. Dann kam die Polizei. Ich beantwortete ein paar Fragen, die der diensthabende Polizist mir stellte. Dann verließ ich das Museum ohne Aufhebens. Ich spürte kein Verlangen mehr danach, gekurvten Bällen ins Auge zu schauen.

Ich ging aber auch nicht die Stufen hinauf zur Straße. Die Chance, daß die beiden Bleispritzer ihre Werkzeuge wieder geladen hatten und auf mich lauerten, schien noch ziemlich groß.

Ich kletterte also über ein paar scharfkantige Felsen und hinunter zu dem Fußweg, der mich zu den Sutro Baths führte. Die sehen wie eine Anlage aus, die von jemandem entworfen wurde, der für den Quadratdezimeter bezahlt wurde. Eine riesige Sache mit sechs Schwimmbädern, einem Wald von tropischen Palmen und jeder Menge Galerien und Promenaden. Man findet dort praktisch jeden Tag in der Woche ein paar tausend

Leute, die schwimmen, herumspazieren oder einfach so herumlungern. Ein idealer Ort, um sich zu verstecken.
Ich nahm mir einen Tisch hinter einem Palmenbaum, nippte fast eine Stunde lang an einer Tasse Kaffee und wartete darauf, daß die Luft rein würde. Im übertragenen Sinne. Als ich mich sicher fühlte - so sicher, wie ich mich eben fühlen konnte, während die Polizei, der stellvertretende Staatsanwalt und die zwei Kerle, die ich noch nicht einmal kannte, darauf warteten, sich noch einmal auf mich zu stürzen -, verließ ich Sutro Baths.
Der Nebel war so dick wie Marlene Dietrichs deutscher Akzent, während ich den kleinen Hügel hinter den Bädern hochkraxelte. Eine Minute später erreichte ich die Büsche und begann einen halbstündigen Marsch über Sandflächen, Strandbüsche und verwitternde Hügelabhänge.
Nebelhörner dröhnten faul in der Ferne und klangen wie gelangweilte Tubas. Der graue Dampf sammelte sich auf meinen Lippenrändern und den Spitzen meiner Schuhe. Ein Frösteln ging durch meinen Körper. Es war erst 15.30 Uhr, aber es hätte schon Mitternacht sein können. Die Sichtweite ging bis zum nächsten Baum. Dennoch war das irgendwie das beste Wetter, um den eigenen Gedanken nachzuhängen. Sichtbare Ablenkungen gab es keine, und das stimmte hundertprozentig. Amateure mit Pistolen gab's auch nicht.
Einiges paßte jetzt zusammen. Das heißt, beim Chet Jones-Fall. Höchstwahrscheinlich hatte Levi Williams recht. Die Seile zu der Hängeschaukel waren von jemandem aus dem harten Kern der Rassenfanatiker in der Werft gekappt worden. Die Tatsache, daß Chet Jones ein erstklassiger Baseball-Spieler auf dem Weg zu den Oberligen war, lieferte zumindest ein Motiv, um ihn umzubringen. „Baseball ist ein Spiel des weißen Mannes", wie sie so gerne in der Short Stop Bar sagten. Aber Fanatiker haben immer Motive, um Schlimmes anzurichten. Man braucht ihnen die Motive nicht noch zu geben.
Da sie jedoch sogar als Gruppe die gesammelte Intelligenz einer Packung Cornflakes hatten, mußten sie von jemandem angesteckt worden sein. Einen Schubs bekommen haben. In Be-

wegung gesetzt worden sein. Hier paßte der Kriegsdienst des Toten hinein. Aus dem, was Luke Cornell mir erzählt hatte, war unschwer zu schließen, daß Chet und Sergeant Watt während der Port Chicago/Mare Island-„Meuterei" einen Zusammenstoß gehabt hatten. Sie hatten zumindest zwei blutige Zusammenstöße gehabt.

So wie ich die Sache sah, verschloß Chet Jones diesen Teil seiner Vergangenheit nach dem Krieg in einem eisernen Safe. Ob nun Luke Cornells Theorie über ihn stimmte oder nicht - ich konnte schon verstehen, weshalb Chet hätte verhindern wollen, daß diese Episode in falsche Ohren geriet. Vor allem in die von Arbeitgebern, Kreditgebern und ähnlichen Leuten. Und Watt? Der war nach dem Krieg aus dem Militär ausgeschieden und hatte sich der Polizei in Frisco angeschlossen. Auch er mußte Chet Jones und Mare Island bis zu dem Tage verdrängt haben, an dem die beiden sich an der Streikpostenkette bei Sears einander Angesicht zu Angesicht gegenüberstanden. In dem Moment mußte der alte Haß wiederaufgeflammt sein, und Watt, nicht damit zufrieden, ihm an dieser Straßenecke im Mission District die Gedärme aus dem Leib herausgeprügelt zu haben, mußte über seine biertrinkenden Kumpels von der Reinerhaltungs-Liga den Mord an Chet Jones in die Wege geleitet haben.

Aber da blieben noch ein paar Fragen unbeantwortet. Mir fielen mindestens vier ein. Erstens - reichte die Verantwortung für den Mord an Chet Jones nur bis Sergeant Watt, oder ging sie die Leiter noch höher hinauf? Zweitens - wenn das nicht der Fall war, warum hatte dann der stellvertretende Staatsanwalt mir die Lizenz entzogen? Drittens - wer waren denn diese farbigen Kerle mit den Flammenwerfern, und wie paßten die ins Bild? Und als letztes - was planten Duffy und seine Fackelmarschierer zu Ehren des Nationalsports für das Spiel am folgenden Tag, und was hatten sie für den jungen Josh Williams auf Lager? Das waren wohl fünf Fragen. Fünf unbeantwortete Fragen. Nicht schlecht, wenn man in Betracht zog, daß es nur ein paar Stunden her schien, daß ich im Chat 'n Chew gewesen war, Kaffee getrunken und mich um sonst nichts gekümmert hatte. Damals hatte ich meine Nieren noch nicht umgepflanzt bekommen, und niemand hatte auf mich geschossen. Das waren noch Zeiten.

Ich hoffte an sich, daß es die Kälte und der Nebel waren, die mich zittern ließen. Eine klamme Feuchtigkeit tränkte langsam meine Kleider, aber mir machte das nichts aus. Ich liebe den Nebel. Er ist geheimnisvoll, still und hinterhältig. Und er bewegt sich ständig und ändert seine Erscheinung. So ziemlich wie das alte Spiel des Lebens selbst, wie es sicher ein Dichter irgendwo geschrieben hat - darauf würd ich Bargeld wetten.

Ich marschierte quer über die Spielbahn der Golfanlage im Lincoln Park und die Böschung hoch zu der Straße, die hinter dem Ehrenlegions-Museum verläuft. Der Nebel war jetzt dünner, ich konnte die Statue von El Cid auf seinem Pferd in der Mitte des nordwestlichen Rasens des Museums erkennen.

Ich ging den mit Steinen ausgelegten Pfad zwischen El Cid und der Säuleneingangsfront des Museums hoch. Ich hielt an und schaute in die gleiche Richtung, in die auch El Cid schaute. Der Nebel löste sich auf. Das heißt, er verdichtete sich. Ein dichter brautweißer Dampfschwaden bewegte sich durch das Golden Gate. Über dem Nebel waren die Spitzen der orangen essigbaumfarbenen Brückentürme und die pelzigbraune fließende Kammlinie der Küstenberge jenseits des Wassers in Marin County sichtbar. Und darüber standen dünne Streifen eines undeutlichen weißen wolkigen Himmels. Nebelhörner in unterschiedlicher Tonlage klangen weiterhin wie Baßtubas, die sich für ein Konzert einstimmen.

Ich ging an Rodins Bronzeguß „Der Denker" vorbei und in das Museum. Es ist ein piekfeines Gebäude, das Museum, vor etwa 25 Jahren mit dem Zaster eines Zuckerkönigs gebaut. Es ist eine Nachbildung der Ehrenlegion in Paris. Sowohl das Bauwerk wie auch die Lage der Frisco-Ausgabe sind meines Erachtens das Beste vom Besten. Deshalb gehe ich so gerne dorthin. Die Kunst im Gebäudeinnern ist wieder eine andere Geschichte. Zumeist französische Kunst des siebzehnten und achtzehnten Jahrhunderts. In meiner Einschätzung, soweit ich was davon verstehe, ist das meiste aus dieser Zeit, mit Ausnahme einiger Landschaftsmaler, künstlerisch gesehen kotzlangweilig. Die Galerien der Legion quellen über vor herrschaftlichen Aristokraten in gepuderten Perücken und Nymphen mit gepuderten Brüsten. Außer ein paar Fragonards und einem Watteau, die dem Auge nicht allzu weh tun, sind die alle für die Katz. Die Le Bruns, Le Nains, Bouchers. Wie immer sie heißen.

Wie ich aber schon gesagt habe, ist es das Gebäude selbst und die Lage sowie vor allem der Aufstieg vom Cliff House an der Küste entlang, was meine Batterien wieder auflädt. Also finde ich mich alle sechs Wochen oder so vor französischen Gemälden und Skulpturen wieder. Über all die Jahre bin ich wahrscheinlich zu einem Amateurexperten auf diesem Gebiet geworden. Aber schließlich ist es sicherlich sehr viel leichter, etwas von der Bildenden Kunst zu verstehen als von Büchern oder klassischer Musik.

Ich meine, in der Literatur muß man dicke Bücher lesen, und wenn man sie dann fertig hat, muß man noch mehr dicke Bücher lesen, die einen darüber informieren, was man gelesen hat. Das gleiche gilt für die Musik. Man muß Bücher lesen, die einem erklären, was Musik überhaupt bedeutet oder wie man ein Scherzo erkennt. Solche Sachen. Und das kostet Zeit.

Bei der bildenden Kunst, da steht man einfach eine halbe Minute vor einem Bild, liest das Schildchen darunter und versucht, sich das einzuprägen. Und anders als bei Büchern oder klassischer Musik sind die meisten Kunstmuseen mit all den Bildern und Statuen in den Galerien chronologisch geordnet. Was könnte also einfacher sein? Man geht alle sechs Wochen oder so ins Museum, blättert gelegentlich in einem Buch über Kunstgeschichte und schon ist man Experte und kann wie ein Kenner über die Regency-Periode sprechen. Oder über die Auseinandersetzung zwischen den Klassikern und den Romantikern, falls das Thema jemals aufkommt, was auf meinem Arbeitsgebiet etwa so häufig passiert, wie man das erwarten würde. In meiner Welt ist Kunst eher so ein 180 Pfund schwerer Gesichtsschmirgler, der in einer dunklen Hinterstraße darauf wartet, eine Knöchelpolka auf meinen Nieren zu tanzen. Aber man weiß ja nie.

Ich schritt schnell durch die Galerien mit dem 17. und 18. Jahrhundert in den anderen Raum, hielt kurz an, um ,,Die Bürger von Calais'' und einen Pissarro zu begrüßen, den ich sehr mag, bevor ich auf das eine Bild zusteuerte, das mich immer und immer wieder hierher zurückbringt.

Unterwegs hielt ich für einen Moment an, um einen faden Boucher kurz anzuschauen, einfach um mich davon zu überzeugen, daß ich ihn all die Jahre nicht unterschätzt hatte. Zwei gut gekleidete Frauen standen vor mir. Eine oder die beiden hatten ein Parfüm, das stark genug war, um eine Bank zu knacken. Ich wandte mich ab und taumelte in den Raum mit den Landschaftsbildern des 17. Jahrhunderts.

Mein Bild hängt in einer entfernten Ecke der Galerie gegenüber einem Claude Lorrain. Es ist von einem Mann namens Patel gemalt worden, einem Kerl, den man in keinem der Bücher findet. Ich weiß das, weil ich nachgeguckt habe. Manchmal kann man seine Lebensdaten finden, aber viel mehr auch nicht. Einmal habe ich in einem alten Kunstlexikon nachgeguckt. Ich hab herausgefunden, daß sein Vater auch ein unbekannter Maler gewesen ist. Von dem Sohn sagte das Buch, ,,weiß man weniger als von seinem Vater, mit dem er oft verwechselt wird''. Aber er muß ja schon jemand gewesen sein, wenn die Legion eines seiner Bilder an der Wand hängen hatte. ,,Der Monat Oktober, 1699''. So heißt es. Ich ging hin und pflanzte meine Füße zum zehnten oder zwanzigsten Male, seitdem ich es vor etlichen Jahren entdeckt hatte, vor dem Bild fest in den Boden. Es ist die Art Bild, in das man am liebsten richtig hineinklettern möchte. Sie wissen schon, zurück in das Jahr 1699. Ich weiß nicht, warum das Bild mir so ein Gefühl gibt. Es tut das einfach.

Vielleicht ist es der Sonnenuntergang. Die linke Hälfte des Bildes ist eine mächtige, cremige Pfirsichfarbe, orange und lila,

während auf der rechten Seite der Himmel noch kristallblau und voller Wolken ist. Oder vielleicht sind es die Berge in der Ferne. Da gibt es drei Bergspitzen, die im Zwielicht zu purpurner Schieferfarbe geworden sind.
Vielleicht ist's aber auch das Dorf im Vordergrund, das mir so einladend entgegenwinkt. Oder die kleine Siedlung in den Hügeln über dem Dorf. Zwei große Kastanienbäume auf Erdhügeln beherrschen den Mittelpunkt des Bildes und die Siedlung. Links, unter den Bäumen, wird ein kleiner Garten gerade von zwei Bäuerinnen gepflegt. Rechts unten fällt Dunkelheit schon auf mehrere einfache Steinhäuser. Vor ihnen sind Leute auf der Straße, die von der Arbeit des Tages nach Hause zurückkehren.
Aber vielleicht ist es auch nicht 1699 oder der Monat Oktober, die mir unter die Haut gehen. Ich meine, es ist die Tageszeit, die der Maler eingefangen hat. Zwielicht, wo „die Zeit für eine Minute stillsteht", so hat ein Autor mal geschrieben, „wo der Tag einhält, um sich selbst zu befragen". Wo das Gold des Tages das Blau der Nacht trifft. Bing Crosby hat das mal gesagt.
Ja, es ist das Zwielicht. Die Dämmerung. Wenn die Zeit gerade für eine Minute stillsteht. Der Tag im Bernstein gefangen. Eine ganz private Zeit. Die ruhige Zeit eines jeden Tages, in der die Leute die Möglichkeit haben, über den Weggang der Sonne und des blauen Himmels zu klagen oder vielleicht einen großen Dankesseufzer darüber auszustoßen, daß ein weiterer Abschnitt körperschindender, lebensbetäubender Arbeit eine Pause eingelegt hat.
Ich verließ das Museum und mein Gemälde. Es war 17.30 Uhr. Zwielicht. Es war der Monat Oktober 1947. Ich hatte das gleiche Gefühl, das das Gemälde mir immer gab. Nur fühlte ich nicht den Drang, in eine andere Dimension zu klettern. Ich war schon drin.

14.

Es war endlich dunkel, und ich fühlte mich jetzt wesentlich sicherer in dieser ,,kühlen grauen Stadt der Liebe'', wie irgendein Dichter, dessen Name ich vergessen habe, zu Frisco gesagt hat. Ha! Daß ich nicht lache. Ich sprang auf einen Bus, der mich vom Museum zurück zum Cliff House brachte, wo ich in mein Auto stieg. Ich fuhr hinaus zu Ruby Jones' Appartement, um ein paar Antworten zu erhalten.

Sie öffnete die Tür, aber nicht sehr weit. Es war offensichtlich, daß ich nicht eingeladen werden sollte.

,,Oh, Mr. Kovachs'', sagte sie überrascht. ,,Ich hatte schon versucht, Sie anzurufen.''

,,Mir sind ganz merkwürdige Dinge passiert, Mrs. Jones. Ich muß mit Ihnen sprechen.''

Ihre Augen schossen von mir weg und folgten einem Auto, das die Straße hinunterraste. ,,Ich habe im Moment Besuch, Mr. Kovachs. Ich wollte Ihnen sagen, daß alles in Ordnung ist. Ich werde Ihre Hilfe nicht mehr brauchen.''

,,In Ordnung? Mrs. Jones, der Staatsanwalt hat mir die Lizenz entzogen, und zwei Männer haben gerade versucht, mich unten am Cliff House umzubringen. Gar nichts ist in Ordnung.''

Ruby Jones' Gesicht zeigte zuerst Schock, dann Entsetzen, dann nichts. ,,Tut mir leid, Mr. Kovachs, aber verstehen Sie, die Werft hat sich entschlossen, mir etwas Geld zu bezahlen. Es ist nicht viel, aber es ist besser als nichts. Würden Sie mir also bitte sagen, wieviel ich Ihnen schulde.''

,,Sie schulden mir eine Erklärung, Mrs. Jones. Ich bin mir ziemlich sicher, daß Ihr Mann ermordet worden ist. Was immer Sie von Pacific bekommen haben, ist eine Bestechung, um alles unter den Teppich zu kehren.''

Tränen begannen Ruby Jones' Backen herunterzurollen. Ihre feuchten Augen konzentrierten sich auf den Fußboden unter ihren Füßen. ,,Bitte, Mr. Kovachs'', sagte sie mit einer flehenden Stimme. ,,Es ist vorbei. Ich habe mein Geld. Es ist das beste, was ich tun kann, Sie müssen die ganze Sache vergessen.''

„Hätte Ihr Mann es denn gewünscht, daß ich es vergessen soll, Mrs. Jones?"
Ihre Tränen verwandelten sich in ein Schluchzen. „Ich muß jetzt wieder zurück zu meinem Besuch. Ich werde Ihnen morgen früh etwas Geld schicken." Sie schloß mir die Tür vor der Nase zu. Ich konnte sie schluchzen hören, wie sie durch den Gang ging. Ich zündete mir eine Zigarette an und ging zu meinem Auto zurück.
Man hatte sie also rumgekriegt. Jemand wollte diese Sache vertuscht haben. Aber wer? Cane, um einen psychopathischen Polizisten zu schützen? Levi Williams, um seinen Sohn zu schützen und einen Rassenkrieg in den Docks zu verhindern? Die Pacific-Werft, um eine mögliche Untersuchung ihrer „Sicherheitsbestimmungen" zu verhindern? Duffys Bande, um den Mörder in ihren Reihen zu schützen? Wer?
Und wer von denen hatte mich denn auf den Friedhof schicken wollen? Es sah so aus, als hätten sie alle ihre Gründe haben können. Aber da war noch eine andere Möglichkeit. Etwas, was Rake Holland über zwei von Chet Jones' Mannschaftskameraden gesagt hatte, gab mir die Idee, es sei Zeit, den Trainer noch einmal zu besuchen.
Es war schon nach 19 Uhr, als ich zu dem Schallplattenladen in der McAllister Street gelangte. Das Geschäft war dunkel, und ein „Geschlossen"-Schild war aufgehängt. Ich schaute es mir aus der Nähe an, um herauszubekommen, ob eine Telefonnummer drauf stünde, die ich anrufen könnte. Merkwürdig, dachte ich, daß Rake Hollands Laden zu ist. Auf dem Ladenschild stand, es sei bis 20 Uhr offen. Ich hämmerte gegen die Tür. Vielleicht hatte Rake früh zugemacht und saß im Hinterzimmer und ließ ein paar Platten zu seinem Privatvergnügen laufen. Ich hämmerte also laut.
Da ich keine Antwort erhielt, drehte ich mich um, um wegzugehen. Ich hatte noch nicht einen Schritt getan, als ich ein Geräusch aus dem Inneren des Ladens hörte. Ein leises, gedämpftes Geräusch. Wie ein Stöhnen vielleicht. Ich preßte mein Gesicht gegen die Glastür. Ich konnte überhaupt nichts sehen,

aber ich hörte ein weiteres Stöhnen. Diesmal war es lauter. Ich hämmerte noch einmal gegen die Tür und rief Rake Hollands Namen laut. Als ich ein drittes Stöhnen hörte, nahm ich ein kleines Werkzeug aus meiner Tasche, das Einbrecher manchmal benutzen, um Schlösser zu öffnen. Meines unterschied sich in einer Winzigkeit, nämlich dadurch, daß ich kein Einbrecher bin. Ich steckte es in das Schloß und drehte. Die Tür war einfach.

Ich tastete mich in den verdunkelten Laden, indem ich mit der Hand an der Wand nach einem Lichtschalter suchte. Ich fand einen und knipste ihn an. Ein neues Stöhnen führte mich zu Rake Holland. Er lag zusammengesackt unter einem Plattenschrank in der Mitte des Ladens. Ich stürzte zu ihm hin.

„Rake! Sind Sie in Ordnung?" fragte ich idiotisch. Ich meine, wenn man jemanden auf dem Boden ausgebreitet liegen sieht, der so aussieht wie ein Haufen alter Zeitungen, die jemand durcheinander getreten hat, das ganze Gesicht voll Blut, dann sollte es schon klar sein, daß er nicht in Ordnung ist. Aber das ist einfach ein weiteres Beispiel für die Schwäche der Sprache, stimmt's?

Rake Holland war bei Bewußtsein, aber gerade noch so. Ich nahm mein Taschentuch heraus, um das Blut von der Seite seines Gesichts abzuwischen, aber es war getrocknet und verkrustet. Er mußte da schon eine ganze Weile gelegen haben.

„Rake, ich bin's. Der Mann, mit dem Sie über Chet Jones gesprochen haben. Erinnern Sie sich?"

Seine Augen begannen sich langsam auf mich einzustellen.

„Oh, wieviel Uhr ist es?" sagte er.

„Keine Ahnung. Nach sieben. Was ist hier passiert?"

„Wer sind Sie denn, Mister? Die Polizei?"

„Nein. Kovachs. Erinnern Sie sich? Ich hab mit Ihnen über Chet Jones gesprochen. Ich arbeite für seine Witwe."

„Ach ja, jetzt erinnere ich mich. Helfen Sie mir mal auf, bitte. Dieser Boden ist so kalt."

Ich half ihm zu dem Stuhl neben dem Ladentisch. Einen

Augenblick wankte er wie ein verbogenes Rad, dann schien er seine Kraft zurückzugewinnen.

,,Was ist passiert?" fragte ich erneut. ,,Hat jemand Sie beraubt?"

,,Mich beraubt?" wiederholte er, als ob ich den Ausdruck gerade erst erfunden hätte. ,,Nee." Er rieb sich langsam die Seite seines Kopfes. Der Ausdruck auf seinem Gesicht zeigte an, daß er sich allmählich wieder an alles erinnerte. ,,Die haben mich geschlagen. Ja, ja, die Jungs haben den alten Trainer einfach flachgelegt."

Rake Holland kam langsam auf die Beine. Ich ging zu ihm hin, um ihn zu stützen, aber er drückte meinen Arm weg. ,,Jetzt geht's mir wieder besser", sagte er und ging langsam zu einem der Plattenspieler. Er schaltete den Strom an und begann, durch einen seiner Plattenschränke zu suchen. ,,Na, wo ist denn der Hamp, den ich heute gespielt habe?"

,,Wer hat Sie geschlagen, Rake?" fragte ich und versuchte, in die richtige Spur zurückzukommen.

,,Lassen Sie mich den Hamp erst finden. Es wird meinem Kopf helfen, wenn ich 'n paar Seiten spiele." Er legte eine Platte auf den Plattenteller und senkte die Nadel darauf. Er drehte sich um und ging zu seinem Stuhl zurück. Während er sich hinsetzte, rieb er sich den Kopf.

,,Verdammt! Fühlt sich so an, als hätten sie ein Montiereisen benutzt. Ist 'n Wunder, daß sie meine Kokosnuß nicht weit aufgebrochen haben."

,,Wer sind die denn?"

,,Zwei Jungs aus der Mannschaft." Er hielt fast an, bevor er seinen Satz zu Ende gebracht hatte. ,,Sagen Sie mal, Sie haben die doch nicht gesehen, oder? Ich hab versucht, sie davon abzuhalten. Sie 'n bißchen zur Vernunft zu bringen. Aber Sie können ja sehen, wo mich das hingebracht hat."

,,Wenn wir über die gleiche Sache sprechen, dann hat mir das fast 'nen Sitz in der ersten Reihe bei meinem eigenen Begräbnis gebracht."

Rake Holland schüttelte den Kopf. ,,Ich hab versucht, sie abzuhalten. Hab ihnen gesagt, sie würden sich wegen Ihnen irren, wollten aber nicht hinhören."
Ich erzählte ihm dann die Einzelheiten der Schießerei am Cliff House. Ich brauchte ihm die Pistoleros nicht zu beschreiben. Rake wußte, daß es seine Jungs gewesen waren.
,,Mm, mm, mm", sagte er und schüttelte den Kopf hin und her. ,,Sind keine schlechten Jungs, Mister. Irgendwelche Leute haben denen Lügen über Sie erzählt. Haben denen erzählt, Sie seien in die Sache mit Chet verwickelt. Haben denen erzählt, Sie hätten ihn umgebracht. Haben gesagt, als nächstes wären Sie hinter Josh her."
,,Was für Leute haben das gesagt, Rake?"
,,Irgendwelche Weiße."
,,Was für Weiße? Kennen Sie irgendwelche Namen?"
,,Das hab ich nicht ganz richtig verstanden. Einfach irgendwelche Weiße, die versuchen, Unruhe zu stiften, meine ich."
,,Na ja, das ist ihnen ja auch gut gelungen."
,,Als ich versucht hab, die Jungs zurückzuhalten, haben sie mir eins übergesetzt. Ihrem eigenen Trainer! Aber machen Sie sich mal keine Sorgen, Mister. Ich werd Mr. Jaspers auf die ansetzen. Der setzt ihnen den Kopf wieder zurecht."
,,Mr. Jaspers?"
,,Besitzer von den Blues. Großer farbiger Kerl. Der wird's den zwei Jungs so richtig doll geben. Sagen Sie mal, ich weiß, daß Sie 'n Recht dazu haben, aber ich hätt's doch ganz gern, wenn Sie die Polizei nicht auf die beiden hetzen würden. Sind keine schlechten Jungs, einfach eselsköpfig, mehr nicht."
Ich hielt meine Hand hoch. ,,Keine Angst. Ich glaube nicht, daß ich im Moment unbedingt zur Polizei gehen will. Sehen Sie, ich hab da selbst so 'n kleines Problem."
,,Danke, Mister, danke. Hier, ich geb Ihnen ein paar Platten zum Mitnehmen." Bevor ich ihn davon abhalten konnte, stand er auf und ging rüber zu dem Plattenschrank. ,,Ich glaub, ich erinnere mich, Sie haben gesagt, Sie hätten Billy Eckstine besonders gern. Hier haben wir's schon." Er zog zwei Platten

heraus. „Die neusten von Billy. Und nehmen Sie den Hamp hier auch mit."
„Das ist doch nicht nötig, Rake."
„Lassen Sie nur. Die gehen auf die Rechnung vom alten Trainer." Er gab mir die Platten. „Und machen Sie sich mal über die zwei Kerls von mir keine Gedanken. Da kümmert sich schon jemand drum."
Ich bot Rake an, ihn nach Hause zu fahren, aber er sagte, er wolle lieber noch ein Weilchen in seinem Laden sitzen und sich etwas Musik anhören, während er wieder so richtig zu Sinnen komme. Er sagte mir noch einmal, daß er sich um die Schützen, kümmern werde, die versucht hatten, mir eine Bleitransfusion zu geben. In Ordnung, dachte ich mir. Das war schon sehr viel mehr, als die Polizei tun würde.

15.

Zum Mittagessen ging ich nach Chinatown. Zu einem Restaurant genannt Louie's. Ich parkte und ging durch die Grant Street, die Hauptstraße von Chinatown. Die Straße war voller Menschen. Ein paar Märkte waren noch offen und drängten ihre Bok Choy, bitteren Melonen und Lotuswurzeln den Käufern auf, die bis zur letzten Minute gewartet hatten. Kupferfarbene Enten drehten sich langsam auf Bratspießen in den Fenstern von Delikatessenläden. Der Geruch von Sojasoße und frischem Fisch schlierte behäbig wie Sommernebel durch die Straße. Kleine dunkeläugige Kinder mit Zöpfchen und Topfhaarschnitten sowie dünnsträhnige alte Leute in ihren traditionellen Kleidern und Hausschuhen füllten die engen Bürgersteige. Chinatown. Der Klang einer Sprache, die ich nicht verstehe, die Schilder über den Läden, die ich nicht lesen kann, und die Pseudopagoden-Fassaden vor vornehmen Nachtclubs, die ich mir nicht leisten kann, lassen es mir erscheinen, als sei ich in einem fremden Land. Ich bin es auch. Aber es gibt doch etwas an Chinatown, das in mir das Gefühl hervorruft, ich sei in meinem eigenen Hinterhof. Louie's ist so etwas.

Von Grant bog ich bei der chinesischen Telefonvermittlung ab, überließ die Neonlichter und Jadedrachen den Touristen und marschierte die Washington Street westwärts weiter. Louie's ist gerade einen Block weiter in der Old Chinatown Lane. Als eine enge, kleine Straße - eigentlich eine Hintergasse - von Läden und Basaren war die Lane früher für ihre Spielhöllen und Bordelle berüchtigt. Es heißt, es sei ein Ort gewesen, wo man für den Preis einer Schachtel Zigaretten mal ran durfte. Aber das ist schon lange her.

Louie's ist ein kleines Chop Suey-Restaurant, eingequetscht zwischen dem Ming House, einem Laden für Edelsteine und Steinfigürchen, und einer chinesischen Wohltätigkeitskooperativen. Ich ging rein und setzte mich auf einen Barhocker. Ich bestellte einen Teller von dem Üblichen, wechselte ein paar Worte mit Frank Louie, dem Besitzer und Koch, und steckte dann meine Nase in einen Teller voll Nudeln und die Abendzeitung.

Eine kleine Überschrift im unteren Teil der ersten Seite fiel mir ins Auge - „Polizeichef verläßt Amt". Es schien, daß der Anführer der Besten der Stadt nach 35 Jahren Dienst bei der Polizei, davon die letzten 10 Jahre als Polizeichef, sein Pistolenhalfter an die Wand hängte. Der Artikel las sich fast wie eine Lobrede auf den Mann, der „unsere Straßen für mehr als ein Jahrzehnt sicher gemacht hat". Dieser Reporter da hätte mal mit mir reden sollen. Ich hätte ihm ein paar Straßen nennen können, die gar nicht so sicher waren. Zumindest nicht für mich.

Ich hätte mir nicht die Mühe gemacht, den Artikel zu Ende zu lesen, denn erstens war er uninteressant und zweitens stand der Rest irgendwo im Inneren der Zeitung. Aber irgendwann zwischen dem Chop Suey und dem Mushi-Schweinefleisch fand ich mich auf dieser Seite im Inneren wieder und las einen anderen Artikel. Meine Augen übersprangen die Spalte und nahmen

die Lektüre der übertriebenen Lobrede auf den bald scheidenden Polizeichef wieder auf.
In den beiden ersten Absätzen stach der Name von Garth Cane heraus. Er schloß sich dem Chor derer an, die darauf schworen, daß der Polizeichef das Beste gewesen sei, was Frisco seit dem Goldrausch von 49 passiert sei. Aber er sagte auch etwas, was merkwürdig klang. Als man ihn fragte, wer seiner Meinung nach dem Polizeichef nachfolgen werde, sagte er, der neue oberste Polizist werde ,,aus der Abteilung selbst kommen''.
Er werde keine Namen nennen, aber er sagte soviel, daß der Schutzmann mit dem direkten Draht zum höchsten Posten ,,ein Mann mit Familie und Kriegsauszeichnungen sei, ein ehemaliger Offizier, ein Mann, mit dem zusammenzuarbeiten mir zur Ehre gereichen würde''. Es klang so, als würde er die Nominierungsrede bei einem Parteitag halten. Aber das Wissen darum, daß einer von Canes Leuten die Oberaufsicht über all diese Pistolen und Schlagstöcke haben würde, ließ mich den Appetit verlieren. Und das in das Plätzchen eingebackene Horoskop verbesserte meine Stimmung auch nicht - ,,Sie werden neue Menschen treffen, die Ihr Leben verändern''. Ich hätte ja gern mal den Schlaumeier kennengelernt, der das geschrieben hatte, und ihm meine Meinung gesagt.
Ich trank den Rest meines grünen Tees, zahlte die Frachtgebühren für die Mahlzeit und ging. Vielleicht waren es die Nachwehen meiner Erlebnisse vom Nachmittag, aber Chinatown erschien mir auf einmal nicht mehr wie mein eigener Hinterhof. Die Tatsache, daß Garth Cane und das Justizgebäude nur zwei Blocks von mir entfernt waren, ließ Chinatown regelrecht unfreundlich erscheinen.
Ich schlängelte mich durch die belebten Straßen zu meinem Auto zurück und fuhr den kürzesten Weg nach Hause. Ein großer Klumpen saß mir im Hals, und es war nicht das Chop Suey.
Frisco ist eine kleine Stadt, aber es dauerte fast 30 Minuten, bis ich zu meiner Wohnung kam. Nichts Besonderes wartete

auf mich, als ich ankam. Einige schon längst vergessene Rechnungen, eine Androhung von der Telefongesellschaft, mir das Telefon abzustellen, eine Mitteilung vom Bücherclub, daß meine Mitgliedschaft wegen Nichtbezahlung erloschen sei, und ein Körper, der mit dem Gesicht nach unten auf meinem Sofa lag. Ich hätt's ja voraussehen sollen - der Tag hatte ja schon nicht gut angefangen.
Ich warf meine Post auf den Tisch und ging zu dem Sofa, um mir die Leiche näher anzuschauen. Ich rollte sie herum. Es war Sergeant Watt mit einem dunkelbraunen Loch in seiner Stirn. Ich tat einen Schritt zurück und parkte meinen Körper in einen Sessel auf der anderen Seite des Sofas. Ich schüttelte eine Chesterfield aus der fast leeren Schachtel, zündete sie an und zog einmal tief. Was ich ausatmete, war eine ganze Menge mehr als einfach nur Zigarettenrauch.
Einen langen Augenblick saß ich in dem Sessel und starrte an die Wand. Meine Mutter hatte mich gewarnt, daß es Momente wie diese geben werde. All diese aufkeimenden Gefühle von Zuversicht, daß ich kurz davor stand, den Fall in Rekordzeit zu lösen, lagen jetzt tot auf meiner Couch.
Eine Sache war klar. Dieses Ding ging in der Befehlsleiter höher hinauf als nur bis Watt. Den Beweis hatte ich direkt hier vor mir, falls es irgend jemanden geben würde, der daran zweifelte. Jemand hatte sich sehr viel Mühe gemacht, mir das klarzumachen. Jemand hatte mir auch klargemacht, daß der Preis, den ich dafür zahlen mußte, daß ich an dem Chet Jones-Fall arbeitete, ein Mord oder eine Mordanklage oder beides sein würde. Wer immer es auch war, es mußten Meister der Sorgfalt sein.
Da wir gerade von Mordanklage sprechen, ich war noch keine fünf Minuten zu Hause gewesen, als ich schon die Sirenen hörte. Was für ein Zeitgefühl diese Kerls haben.

16.

Ich war es müde, Kugeln auszuweichen und mir von brutalen Kerlen die Nieren zerhauen zu lassen. Ich weiß nicht, vielleicht werde ich alt, aber ich konnte einfach nicht vor der Polizei weglaufen. Diesmal nicht. Ich war einfach zu kaputt. Ich saß also da und rauchte eine Zigarette, während ich darauf wartete, daß sie die Tür eintreten und mich in Handschellen weg zum Kittchen führen würden.
Sie zerrten mich runter zum Justizgebäude und in einen der Verhörräume, wo sie Geständnisse aus Banditen herausschwitzen müssen. Lange Zeit ließen sie mich allein. Das Zimmer hätte keinen Designpreis von *Schöner Wohnen* gewonnen. Nackter Boden, nackte Wände, ein alter hölzerner Tisch und drei oder vier harte Stühle mit geraden Lehnen, die für Presbyterianer gebaut waren. Ach ja, da war auch noch eine von diesen Lampen mit einem umgedrehten Trichter als Schirm, die an einer dünnen Leitung von der Decke herabhing. Das war die Art Lampe, mit denen Polizisten in den Filmen immer in die Augen des Verdächtigen hineinscheinen, um seinen Widerstand zu brechen.
Ich saß auf einem der Stühle. Ich wollte schrecklich dringend etwas rauchen, aber meine Hände waren immer noch hinter meinem Rücken mit Handschellen zusammengebunden. Das Zimmer war dunkel außer der „Schwitz"-Lampe, die wie ein toter Mann weniger als einen Meter über dem Tisch hing.
Etwa zwanzig Minuten später öffnete sich die Tür. Vier Männer in Hüten und Anzügen kamen herein. Drei von ihnen setzten sich um den Tisch. Zwei davon rauchten Zigaretten, einer eine Zigarre, und einer war Garth Cane. Er setzte sich direkt mir gegenüber.
„Sieht so aus, als ob Sie mein Angebot nicht angenommen hätten, Kovachs", sagte er. Sein Gesicht lag teilweise im Schatten, so daß ich nicht erkennen konnte, ob er lächelte oder nicht.
„Wie wär's denn, wenn man mir diese Armreifen mal abneh-

men würde", sagte ich. ,,Ich werde keinen von Ihnen umbringen."
Cane nickte zu einem seiner Kumpel rüber, der zu mir kam und die Handschellen aufschloß. Ich rieb mir die Handgelenke, um die Blutzirkulation wieder in Gang zu bringen.
,,Jetzt haben wir Sie, Kovachs - vorsätzlicher Mord", sagte Cane. ,,Da beißt keine Maus einen Faden ab. Es wird leichter für Sie werden, wenn Sie uns die Sache erzählen."
,,Haben Sie was dagegen, wenn ich rauche?"
Cane griff in sein Jackett nach Zigaretten. Er ließ die Packung über den Tisch zu mir rutschen. Ich achtete nicht darauf. ,,Ich hab meine eigenen", sagte ich und schüttelte mir einen frischen Sargnagel heraus. ,,Chesterfield. Joe Dimaggios Marke. Was sagen Sie jetzt?"
,,Sie scheinen noch nicht ganz begriffen zu haben, in was für einer schlimmen Patsche Sie sind, Kovachs", sagte der stellvertretende Staatsanwalt.
Ich zündete meine Zigarette an und warf das Streichholz auf den Boden. ,,Warum sagen Sie's mir denn nicht, Cane, dann wissen wir's beide."
Einer von Canes Kumpeln, der Polizist mit der Zigarre, stand von seinem Stuhl auf und kam zu mir rüber. Er packte die Lampe und leuchtete sie in meine Augen. ,,Du hast 'n Polizist umgebracht, Kovachs!" sagte er. ,,Dafür wirst du schmoren!"
Er ließ die Lampe los. Sie pendelte an ihrer Leitung hin und her und spritzte Licht auf wütende Gesichter, die mich alle anstarrten. Der Rauch von ihrem Tabak hing in undurchsichtigen Wolken um ihre Gesichter. Sie sahen aus wie Macbeths Hexen in Hüten mit hochgestellten Krempen. Wenn ich abergläubisch gewesen wäre, wäre ich zusammengebrochen und hätte wahrscheinlich gestanden, jeden ungelösten Mordfall in den Fahndungsbüchern begangen zu haben. Aber ich habe ungefähr zur gleichen Zeit aufgehört, an Geister zu glauben, wie ich hinter den Schwindel mit dem Osterhasen gekommen bin. Trotzdem können drei große häßliche Polizisten in Gabardine-Anzügen mit Gesichtern wie der Inhalt von Hundefutterdosen, die über

der öligen, messeräugigen Figur des stellvertretenden Staatsanwaltes stehen, einen vielleicht schon dazu bringen, seine Meinung zu ändern.

,,Warum haben Sie's gemacht, Kovachs?" hörte ich eine der stehenden Stimmen sagen.

,,Wir haben die Mordwaffe", sagte eine andere.

,,Sie haben doch wohl nicht gedacht, Sie könnten ungestraft davonkommen, oder?" sagte eine dritte.

Unzusammenhängende Stimmen kamen aus der rauchigen Dunkelheit. Sie erhöhten die Spannung ins Hochnotpeinliche.

,,Sie legen ein Geständnis ab", sagte Cane, ,,und ich kann's so arrangieren, daß man sanft mit Ihnen verfährt. Höchstens 15 Jahre. Vielleicht nur die Hälfte."

,,Er hat einen Polizisten umgebracht", sagte eine der zusammenhanglosen Stimmen. ,,Also, ich schlage vor, daß wir ihn bis zum elektrischen Stuhl durchdrücken."

,,Sie werden dafür noch schmoren, Holzauge", sagte eine andere Stimme. Die Lampe schwang immer noch hin und her, aber sie schien niemals Licht auf das Gesicht zu werfen, daß gerade redete.

,,Ich bin der einzige Freund, den Sie noch haben, Kovachs", sagte Cane. Diesmal konnte ich ein Lächeln auf seinem Gesicht sehen. Ein häßliches, selbstzufriedenes Lächeln. ,,Die anderen wollen Sie auf den elektrischen Stuhl bringen. Ich glaube nicht, daß eine Jury dagegen stimmen würde. Meinen Sie nicht?"

Ich zog langsam an meiner Chesterfield. ,,Wo steckt die Knallerbse, Cane?"

,,Knallerbse?"

,,Ja. Wo steckt der Witz? Wie wär's denn, wenn man mir den Spaß mal erklärt."

,,Da gibt's nix Lustiges", sagte eine der Stimmen.

,,Es sei denn, Sie meinen, eine Verabredung mit der alten Bratpfanne in San Quentin ist lustig", sagte eine andere Stimme.

„Sie meinen doch wohl nicht im Ernst, daß ich Watt umgebracht habe?" sagte ich.
„Sie hatten einen Zusammenstoß mit ihm gehabt", sagte einer der Polizisten und blies mir Rauch ins Gesicht.
„Stimmt, und das sollte beweisen, daß ich ihn nicht umgebracht habe."
„Heh?" sagte der eine mit der Zigarre. „Das ist doch Unsinn."
„Rechnen Sie sich's doch mal aus", sagte ich. „Wenn ich in der Öffentlichkeit einen Zusammenstoß mit Watt gehabt hätte, und das hatte ich ja auch, und wenn ich dafür am nächsten Tag von Garth Cane eine auf die Finger bekommen hätte, was ich auch bekommen habe, und meine Lizenz entzogen bekommen hätte, was mir auch passiert ist, und mit einer Anklage wegen Tätlichkeit bedroht worden wäre, was mir auch passiert ist, was meinen Sie denn, ist dann passiert? Daß ich Watt angerufen habe, er solle in meine Wohnung kommen, damit wir uns küssen und wieder vertragen? Aber als er dann reingekommen ist, hab ich ihn stattdessen mit Blei vollgepumpt, ihn auf meine Couch gelegt und dann solange herumgesessen und gewartet, bis die Polizei kommt und mich abholt?"
„So hätt's schon sein können", sagte eine der Stimmen.
„Geben Sie's doch auf, Cane", sagte ich. „Sie können mir die Sache nicht anlasten, und Sie wissen es."
„Ich kann Ihnen in dieser Stadt alles anlasten."
„Dann können Sie mir vielleicht auch sagen, wer Chet Jones ermordet hat."
„Wer ist denn das?"
„Jetzt spielen Sie doch nicht das Dummerchen vor mir, Cane. Sie und alle anderen Jungs hier wissen, daß ich an dem Jones-Fall arbeite. Zuerst hab ich gedacht, daß Watt ihn umgebracht hätte oder veranlaßt hätte, daß er umgebracht worden ist. Vielleicht hat er es auch gemacht, aber das ist nicht der springende Punkt."
„Ach, ist da auch noch ein springender Punkt dabei?"
„Ja. Der springende Punkt ist, daß Sie sich sehr viel Mühe ge-

macht haben, mich dazu zu bringen, die Finger von diesem Fall zu lassen. Ich möchte gerne wissen, warum. Wen schützen Sie da? Watt ist es nicht mehr. Wie sieht's mit Captain Schultz aus? Schützen Sie den?"
,,Sie sind ja verrückt, Kovachs."
,,Jetzt erzählen Sie mir doch endlich mal was Neues. Sagen Sie mir, daß Schultz nicht der neue Polizeichef wird. Sagen Sie mir, daß er und Watt nicht dick befreundet waren. Sagen Sie mir, daß er nichts mit dem Mord an Chet Jones zu tun hat."
,,Sie sind doch hysterisch, Kovachs. So kommen wir nicht weiter. Sie haben jedenfalls Ihre Chance gehabt." Cane wandte sich an einen seiner Lakaien. ,,Nehmt ihn mit runter und schließt ihn ein." Zwei der Kerle näherten sich mir von beiden Seiten und packten meine Arme.
,,Sagen Sie mir noch was, Cane", sagte ich, während ich aus der Tür geführt wurde.
,,Sie werden morgen früh vor Gericht gebracht", sagte Cane ganz kühl. ,,Vorsätzlicher Mord."
,,Sagen Sie mir, daß Schultz 1944 nicht in Port Chicago und Mare Island gewesen ist."
Ich hörte, wie ein Stuhl über den Boden schrappte. Dann Schritte. Es war Cane. Er kam heran und steckte seine Nase in mein Gesicht. ,,Ich hab Ihnen viel Spielraum gelassen, Kovachs. Sie haben mehr als nur eine Chance gehabt. Jetzt ist es zu spät. Sie sind ein toter Mann." Er drehte sich um und begann wegzugehen. ,,Los, weiter", sagte er zu den zwei Polizisten an meinen Armen, ,,registriert ihn."
,,Vorsätzlicher Mord, stimmt's?" sagte einer der Polizisten.
,,Nein", sagte Cane sarkastisch, ,,öffentliche Ruhestörung."
Die Tür öffnete sich. ,,Moment mal!" sagte Cane. ,,Registriert ihn wegen Tätlichkeit und entlaßt ihn auf eigene Bewährung."
,,Was?" sagte der erstaunte Polizist. ,,Sie haben doch vorsätzlicher Mord gesagt."
,,Ich weiß, was ich gesagt habe! Jetzt sage ich, laßt ihn frei. Ich will den Schlaumeier draußen in den Straßen haben. Ich

will nicht, daß er hier in einer meiner Gefängniszellen plötzlich tot aufgefunden wird. Ihr wißt ja schon, wie Polizisten reagieren, wenn einer der ihren ermordet worden ist. Ja, laßt ihn frei herumlaufen. Wenn er auf der Straße umgelegt wird, wer wird schon daran zweifeln, daß es einfach noch ein Beispiel für die sinnlose Gewalt ist, die heutzutage die Visitenkarte dieser Stadt zu sein scheint?"

„Sind Sie sich da völlig sicher?" fragte einer der Polizisten.

„Ihr habt mich gehört. Registriert ihn und laßt ihn dann los. Wir haben sowieso nicht genug Beweismaterial gegen ihn, um ihn mehr als 72 Stunden hierzuhalten. Ich möchte gar keine Wette darauf eingehen, daß er's überhaupt solange draußen auf der Straße überlebt."

„Okay", sagte einer der Polizisten an meinen Armen.

„Cane", sagte ich, „Sie sind ja großartig. Eines Tages tu ich Ihnen auch mal was Gutes."

„Verschwindet schon mit ihm!" schrie der stellvertretende Staatsanwalt mit sich überschlagender Stimme.

17.

Es war schon nach Mitternacht, als ich nach Hause kam. Der Taxifahrer goß mich aus dem rückwärtigen Teil seines Fahrzeugs und zeigte mir die Richtung zu meiner Eingangstür. Ich hatte ungefähr soviel Energie wie Hoover Dam während eines Streiks der Elektrizitätsarbeiter, und das einzige, woran ich denken konnte, waren Matratze und Kopfkissen. Nicht Mord, nicht Fanatismus, nicht politische Vertuschungsversuche, keine möglichen Gefängnisstrafen. Einfach nur Schlaf. Irgendwo zwischen der Eingangstür und dem Schlafzimmer zog ich mich aus. Ich drehte das Licht aus und sägte Holz, bevor das Zimmer noch eine Chance gehabt hatte, dunkel zu werden.

Der Morgen kam viel zu rasch. Ich hoffte, als ich aufwachte,

daß ich erkennen würde, daß der Tag vorher nur ein schlechter Traum gewesen sei. Aber nach meiner zweiten Tasse Brasilienwasser waren die Illusionen weg.
Meine schlafgetränkten Augen versuchten, die Überschriften der Morgenzeitung zu erkennen. Sie waren voll von dem üblichen Zeug - Rote Horden, die Europa zu überrennen drohten, Pläne zur Lebensmittelrationierung hier zu Hause, ein paar gräßliche Morde. Aber da war auch noch etwas, was ziemlich neu war. Das Komitee des Repräsentantenhauses für Unamerikanische Umtriebe war gerade dabei, Hollywood an den Marterpfahl zu binden. Elf Männer, die meisten von ihnen Drehbuchautoren, wurden vor J. Parnel Thomas und seine Bande gezerrt und unter Druck gesetzt, warum sie denn kommunistische Wörter wie „Demokratie" und „teilen und gleichermaßen teilen" in ihren Filmen benutzten, und würden sie bitte jeden verpetzen, von dem sie wußten, daß er ein Kommunist oder Sympathisant sei, oder von dem sie dachten, daß er einer sei, oder von dem sie wußten oder dachten, daß er das gewesen sei. Ich meine, Amerika hat schließlich ein Recht, informiert zu sein, stimmt's? Man kann ja die Kinder nur ins Kino schicken, wenn man weiß, daß die Drehbücher von Amerikanern geschrieben worden sind. Dieses Zeug mit der Roten Gefahr, das anfänglich nur so nach 'ner neuen Modewelle ausgesehen hatte, war etwas ganz Ernsthaftes geworden. Und dieses Thomas-Komitee hatte versprochen, Hollywood in ein kulturelles Hiroshima zu verwandeln. Und da war noch das Tenney-Komitee, das das gleiche mit Schulen und Colleges in Kalifornien vorhatte. Außer mir wurden auch noch andere Leute durch die Wringmaschine gejagt. Kein Zweifel. Es war ein Zeichen der Zeit, und mir gefiel das, was man daraus lesen konnte, gar nicht.
Ich wollte gerade zu den Sportseiten umblättern und sehen, wie die Browns für das Spiel am Sonntag im Vergleich zu ihren Gegnern eingeschätzt wurden, als ich ein Bild in einer der Innenseiten sah, das meine Aufmerksamkeit erregte. Es war Garth Cane. Der Bericht neben dem Foto teilte mit, daß der

stellvertretende Staatsanwalt gerade ,,seine Kandidatur für die Bürgermeisterwahl direkt vor Toresschluß“ eingereicht hatte. Der Artikel fuhr fort, Canes Kandidatur sei “eine gewisse Überraschung, aber der gerade bekanntgewordene Rücktritt von Polizeichef Grogan, einem der mächtigsten Gegner des stellvertretenden Staatsanwaltes während der letzten paar Jahre, hat den Weg für Cane freigemacht, so daß dieser sein langjähriges Ziel, Bürgermeister zu werden, verfolgen kann.“

Das also war es. Die Leiter, nach der ich gesucht hatte. Cane war noch ehrgeiziger als ein Zimmer voller Kerle namens Machiavelli. Das erklärte wahrscheinlich, warum er mich am Abend vorher freigelassen hatte. Wollte keine peinlichen Fragen beantworten müssen, falls ich das Glück gehabt hätte, eine Kaution zu kriegen. Aber das erklärte noch nicht, warum er mich dazu bringen wollte, die Finger von dem Chet Jones-Fall zu lassen. Was hatte denn der Tod eines schwarzen Lagerhausarbeiters und Baseball-Spielers mit der politischen Karriere eines Mannes zu tun, der in mehr Rücken gestochen hatte als ein Akupunkteur in Chinatown? War Watt einer dieser Rücken gewesen? Noch wichtiger: Würde ich ein weiterer sein?

Ich machte mir eine dritte Tasse Gebräu und ein Stück sehr gut gerösteten Toasts, das mehr wie ein Brocken von dem Zeug aussah, das man die Kumpel in West Virginia aus dem Boden graben läßt. Ich wusch alles mit einem Glas von dem guten alten Molkereisaft runter und war dann schon aus dem Haus.

Bis zum Spiel waren es noch über acht Stunden, und ich hatte noch sieben Stunden bis zu dem Treffen mit Vernell Leggett in Satchel Paiges Umkleidekabine. Eine ganze Menge Zeit, um Sachen zu erledigen wie die Wäsche oder den Besuch einer Doppelmatinee im Embassy, aber nicht sehr viel Zeit, um einen Rassenkrawall zu unterbinden und vertuschte Fälle von Korruption aufzudecken.

Wegen des ersteren hatte ich Leggett und Nate Murphy und ihre Freunde informiert. Das war so ungefähr alles, was ich tun konnte. Bezüglich des letzteren fühlte ich mich, als sei ich auf einer Rolltreppe, die ins Nichts führte. Ich wußte, daß

Cane irgend jemanden schützte. Ich hatte gedacht, es sei Watt und vielleicht Schultz. Jetzt war ich nicht mehr so sicher. Ich konnte mir nicht vorstellen, daß er sich mit Neandertalern wie Duffy und Myron abgeben würde, die zusammen die Intelligenz eines 5-Pfund-Sacks Rasendünger besaßen. Cane schien einfach nicht der Typ dafür zu sein. Außerdem war er viel zu vorsichtig für so etwas.

All die Wenns und Abers und Vielleichts brachten mein Gehirn in den Schleudergang, und es tat weh. Der einzige Mensch, zu dem hinzugehen mir einfiel und der mir vielleicht helfen konnte, war der Mann, der mit all diesem nichts zu tun zu haben schien.

Polizeichef Grogan lebte in Pacific Heights mitten unter vielen seiner in hohen Positionen befindlichen verbrecherbekämpfenden, staatsdienenden und politikerliebedienernden Kollegen. Vielleicht ging es zu weit zu sagen, daß Pacific Heights ein Ghetto für die Machtelite der Stadt war, aber es kam der Sache doch schon ziemlich nahe.

Ich rief den Polizeichef an und sagte ihm, ich sei ein Journalist, der für eine der großen Kriminalzeitschriften ein Porträt von ihm mit Rückblick auf seine Laufbahn schreiben wolle. Als ich ihn fragte, ob er für ein Interview zur Verfügung stehen werde, hätte ich ihm genauso gut die Gewinnzahl während einer Bingonacht in St. Kevin‘s anbieten können. Hier war ein Polizist mit einem Ich, das so groß wie der Blarney Stone war.

Es war früher Nachmittag, als ich an Grogans Wohnung ankam. Er empfing mich selbst an der Tür. Groß, ledern, etwa 60 Jahre alt, mit einem Rücken, der so gerade wie ein Billardqueue war, schüttelte mir Friscos Top-Polizist und Baldpensionär die Hand und bat mich, ins Haus zu kommen. Er führte mich in sein Arbeitszimmer, das mit gepolsterten Stühlen und Tierköpfen sowie Dutzenden von Erinnerungsstücken an seine Jahrzehnte bei der Polizei angefüllt war. Gerahmte Fotografien von ihm und Politikern, von ihm und Berühmtheiten und von ihm und armen kleinen Kindern kämpften an der Wand um Platz mit Plaketten und Wimpeln, die seine verdienstvolle

Arbeit verkündeten bzw. von verschiedenen Feldzügen gegen das Verbrechertum.
Polizeichef Grogan war ein großzügiger Gastgeber. Er schenkte mir ein Glas mit irischem Whisky voll, der stark genug war, um seine eigenen Kneipenschlägereien zu gewinnen. Ich erzählte ihm, mein Name sei Riley - Seamus Riley -, und das, zusammen mit dem Whisky, half, die Zunge des Polizeichefs zu lösen. Ich hörte zu, wie er über seine Laufbahn dahinbabbelte, eine Laufbahn vom jungen Polizisten in der Polizeistreife im Tenderloin District bis zum Chef der Polizei und zum unübersehbar großen Tier in der Politik.
Er hielt einen Moment inne, um sich nachzuschenken. Es war das dritte Mal. Ich nutzte die Pause, um ihn zum Thema und zu bestimmten Fällen zurückzubringen. ,,Ihre Pensionierung hat eine ganze Menge Leute überrascht'', sagte ich und versuchte, so zu klingen wie ein Journalist. ,,War es etwas, was Sie geplant hatten, oder war es so plötzlich, wie es aussieht?''
Grogan atmete ein Viertel des Saftes in seinem Glas ein. ,,Ah'', sagte er. ,,Ein wirklich erstklassiger Trank. Ist importiert, müssen Sie wissen. In mein Haus lasse ich nichts von dem einheimischen Zeug rein. Wenn ich's überhaupt nur zu sehen kriege, schütte ich's schon in den Spülstein.'' Der Polizeichef begann allmählich, sich zu wiederholen. Das war schon das dritte Mal, daß er mir erzählte, daß sein Stoff aus der alten Heimat importiert worden war. Ich bekam das Gefühl, daß ich einer Handelsausstellung von irischen Whiskybrennern beiwohne.
,,Was Ihre Pensionierung betrifft, Chef'', sagte ich erneut und versuchte, ihn in unser Land zurückzubringen.
,,Zum Teufel nein, ich hatte nicht vor, zurückzutreten! Ich hatte noch zwei volle Jahre bis zu meiner Pensionierung.''
,,Und was hat Sie dann veranlaßt, Ihre Meinung zu ändern?''
,,Meine Meinung zu ändern? Ha! Das ist 'n guter Witz. Ich sag Ihnen mal was, Seamus, mein Junge, die haben mich rausgeschmissen. Mich, Dennis Grogan!''
,,Wer hat Sie rausgeschmissen?''

Grogan trank erneut einen großen Schluck aus seinem Glas.
,,Es würde doch alles früher oder später rauskommen. Ich rede nicht aus der Schule. Keine Atomgeheimnisse, die ich verschweigen muß.'' Er kicherte über seinen kleinen Scherz.
,,Weiter?''
,,Die Politik. Alles in dieser Stadt ist doch Politik. Na, Sie wissen schon, die Jungs an der Macht. Haben sich entschlossen, auf ein anderes Pferd zu setzen. Ich hätt's ja schon kommen sehen sollen. Lag schon 'ne ganze Weile in der Luft.''
,,Irgendwas innerhalb der Polizeiabteilung?''
,,Innerhalb und außerhalb. Einige von den jüngeren Hitzköpfen waren hinter meinem Kopf her, sobald sie aus dem Krieg zurückgekommen sind. Große Kriegshelden. Haben gedacht, die Welt würde ihnen jetzt den Lebensunterhalt schulden. Verdammt nochmal, ich war auch ein Kriegsheld. Nur war's für mich der falsche Krieg. Die vergessen, was Leute wie ich für unser Land im Ersten Weltkrieg getan haben.''
,,Irgend jemand, der besonders was gegen Sie hatte, Chef?''
,,Zum Teufel eins, jede Menge. Bosley, Markham, Schultz, O'Brien. O'Brien, bei ihm tut's mir am meisten weh. Kannte seinen Vater in der alten Heimat. Kamen beide von der gleichen Grafschaft.''
,,Schultz. Wird das nicht der neue Polizeichef?''
,,Ja. Sagen Sie mal, woher wissen Sie denn das? Ich hab gedacht, das wär höchste Geheimstufe.''
,,Ich hab so meine Quellen.'' Ich zwinkerte dem Polizeichef zu. Das schien zu genügen.
,,Ja, Schultz und seine Kriegskameraden. Was für ein müder Haufen. Kriegshelden. Gott noch mal, die meisten von denen waren scheiß Militärpolizisten und haben amerikanische Stützpunkte bewacht. Haben überhaupt niemals Krauts oder Japse umgelegt. Was halten Sie denn davon?''
,,Abschaum.''
,,Sind sie auch, da haben Sie völlig Recht.''
,,Wer unterstützt die denn außerhalb der Polizeiabteilung, Chef?''

Grogan leerte das Glas. Er wäre aufgestanden, um sich eine weitere Runde einzugießen, aber dazu war er schon ein bißchen zu betrunken. Er entschloß sich, einfach im Stuhl sitzen zu bleiben und mich mit Antworten zu versorgen. ,,Die gleichen verdammten Politikos, die mich früher unterstützt haben. Southern Pacific, die Industrie- und Handelskammer, die Leute von Nob Hill, die Werftindustrie. Jede Menge Leute. Hatte sie alle in meiner Ecke. Außer Cane und seiner Meute. Der schleimige Hurensohn hat von dem Moment an gegen mich gearbeitet, wo er in das Amt des Staatsanwaltes gekommen ist.''
,,Wie hat er sich das denn leisten können? Ich meine, ein Mann mit Ihrer Vergangenheit und Ihren Verbindungen. Da muß es doch was gegeben haben, was die gegen Sie eingestellt hat.''
,,Verdammt noch mal, wie ich schon gesagt hab, das lag schon lange in der Luft. Alles, was die gebraucht haben, war ein verdammter Vorwand. Irgendwas, um mich loszuwerden.''
,,Ich vermute, daß sie was gefunden haben.''
,,So vor ungefähr 'ner Woche, nee, eher schon vor zweien, da sind ein paar von diesen Hitzköpfen unter den Polizisten bei dem Streikposten vor Sears verrückt geworden. Sie wissen ja von dem Streik. Haben ein paar von den Streikposten schlimm verprügelt. Einer von den Polizisten ist ganz besonders bescheuert gewesen. Hat ein paar von denen bewußtlos geschlagen. Einer davon war ein Nigger, den man ein paar Tage später in der Pacific-Werft tot aufgefunden hat. So hintenrum war zu erfahren, daß der gleiche verrückte Polizist, der ihn und die anderen geschlagen hat, vielleicht was mit dem Tod von dem Farbigen zu tun gehabt hat. Ich bin ja kein verdammter Niggerfreund, aber ich hab doch 'ne Untersuchung innerhalb der Abteilung angeordnet. Na, Sie wissen schon, Öffentlichkeitsarbeit. Hätte 'nen ganz schönen Aufruhr geben können, wenn ich's mißachtet hätte. Außerdem will ich keine verrückten Polizisten für mich arbeiten haben. Na ja, daß nächste, was ich höre, ist, daß jeder mich anklagt, ich würde die Moral in der Abteilung untergraben. Scheiße, ist doch nur eine lausige, verdammte Ausrede, dem alten Chef in die Suppe zu spucken. In

der Nacht sind meine Bundesgenossen plötzlich verschwunden, und ich habe nicht einen Freund, der die Nase für mich riskiert. Cane hat mir den Boden unter den Füßen entzogen. Jetzt hat der Hundesohn auch noch angekündigt, daß er sich um den Bürgermeisterposten bewirbt. Der hat das schon seit langem im voraus geplant, der Hurensohn. Ist 'ne häßliche Welt hier draußen, Seamus. Wenn man auch nur 'ne Sekunde aus der Deckung geht, dann steht irgend so'n Bastard da und wartet darauf, einen den Wölfen zum Fraß vorzuwerfen. Verstehen Sie mich?"

Ich verstand ihn, und wie. Der Polizeichef begann über Wahrheit, Gerechtigkeit und den Amerikanischen Weg zu reden. Seine Rede wurde unzusammenhängend. Er war sternhagelvoll. Zeit für mich zu gehen. Ich stand auf, schüttelte ihm die Hand, dankte ihm für das Interview und ließ ihn da in seinem Stuhl sitzen und so aussehen wie einen Teller mit Gemüse von gestern. Es war 16 Uhr. Ich ging hinaus in die Straße und hoffte, ich würde den Wölfen mindestens bis zur Zeit des Spiels aus dem Weg gehen können.

18.

Ich kam um genau 18 Uhr am Seals-Stadion an. Es war Nacht geworden, und die Lichter dort brannten hell. Aber außer ein paar Stadionpolizisten, den Arbeitern am Spielfeldrand und einigen Spielern, die allmählich ankamen, war das ganze so leer wie das Versprechen eines Hollywood-Agenten.

Ich fragte einen der Polizisten, wo sich der Umkleideraum der Auswahlmannschaft von Paige befinde. Er verwies mich auf einen Korridor unter der Tribüne. Ich hatte keine Mühe, ihn zu finden. Die Tür zu dem Raum war verschlossen. Ich klopfte, und fast augenblicklich ging die Tür auf. Ich wäre reingegangen, aber die Tür wurde nun von etwas ersetzt, was genau so breit und beeindruckend war. Ein Berg von einem Mann, dunkel und grimmig, blockierte den gesamten Rahmen. Er sah genau wie die Art Muskelmasse aus, die zum Frühstück gußeiserne Motoren verspeist und sich die Zähne mit Stahlwolle säubert.

,,Was wollen Sie denn?" sagte er, als ob eine falsche Antwort von mir auch die letzte sein würde.

,,Ich bin hier für ein Interview", sagte ich. ,,Ich bin ein Freund von Vernell Leggett. Der erwartet mich. Heiße Kovachs." Ich hoffte, daß das die richtige Antwort sein würde. Der riesige Neger drehte den Kopf weg. ,,Heh, Leggett", rief er in den Raum hinein. ,,Kennst du 'nen Weißen, der sich Kovachs nennt?"

Aus dem Inneren hörte ich eine bekannte Stimme. ,,Riley, Mann. Bist du's? Laß ihn rein, Louis."

Louis bewegte sich zur Seite, und ich betrat den Umkleideraum. 15 Männer, Schwarze wie auch Weiße, einige mit Fotoapparaten um den Hals, bewegten sich hin und her, saßen auf Bänken, rauchten Zigaretten und unterhielten sich miteinander. Vernell erzählte mir, daß der legendäre Werfer noch nicht angekommen sei. Ich zündete mir eine Chesterfield an, aber bevor ich das Streichholz wegwarf, kam Leroy ,Satchel' Paige durch die Tür. Sofort flammten Blitzlichter auf. Die Reporter scharten sich um ihn.

,,Nun macht mal halblang, Jungs", sagte das große, schlacksige Objekt ihrer Aufmerksamkeit. ,,Nun laßt mich doch mal hinsetzen und meinen Füßen ein bißchen Erholung gönnen." Er ließ sich langsam auf die hölzerne Bank hinunter wie ein Mann, der doppelt so alt war wie seine angeblichen 40 plus noch was Jahre.

,,Satch, meinen Sie, daß Sie heute nacht neun volle Durchgänge lang werfen können?" rief eine Stimme aus dem festen kleinen Knoten von Reportern, die sich um Satchel Paige scharten.

,,Na ja", sagte der Werfer langgezogen, ,,wie ihr ja alle wißt, wirft der alte Satch normalerweise nur drei oder fünf Durchgänge. Aber Bobby Feller hat mich halt mal rausgefordert, für die volle Spielzeit gegen ihn anzutreten, also vermute ich doch, daß ich draußen auf dem Werferhügel sein werde, wenn der neunte Durchgang anrollt."

„Meinen Sie denn, daß Sie Feller schlagen können?" fragte ein anderer.

„Na ja, hab's ja vorher auch schon gemacht, glaub also schon, daß ich's nochmal machen kann. Werd's allerdings erst wissen, wenn das Spiel vorbei ist."

„Satch", sagte ein dritter Reporter, ein Schwarzer. „Jetzt, wo Jackie Robinson in der Oberliga mitspielt, meinen Sie denn, daß Sie 'nen Ruf da oben hin bekommen?"

Satchel Paige griff in seine Jackentasche nach einer Zigarette. Ein Reporter gab ihm mit einem silberfarbenen Zippo Feuer. „Na ja, daß hängt davon ab", sagte er durch eine kleine wirbelnde Rauchwolke. „Steh seit 20 Jahren auf Abruf. Paar Leute sagen ja, der alte Satch ist zu alt, um in der Oberliga zu werfen. Glaub ja auch schon, daß ich alt bin, stimmt vollkommen, aber da ist noch 'ne ganze Menge Saft in dem alten Suppenknochen übriggeblieben. Da könnt ihr Gift drauf nehmen. Klar kann ich in der Oberliga werfen. Hab jedes Jahr in den Spielen auf dem Land gegen die Besten von denen gespielt. Und hab sie alle geschlagen. Aber die müssen auch schön hübsch zu mir kommen, wenn sie mich haben wollen. Haben den alten Satch einfach zu lange hingehalten, um jetzt nur so mit dem Fingerchen nach ihm zu rufen. Aber ich bin bereit. Bin's schon seit 26 oder so gewesen."

„Satch!" rief ein weiterer Reporter. Es war Vernell Leggett. „Bis jetzt hat die Rassenschranke Farbige aus dem Oberliga-Baseball rausgehalten. Falls eine volle Integration noch ein paar Jahre hinausgezögert wird, werden dann nicht wahrscheinlich die älteren schwarzen Spieler, wie Sie selbst, immer bitterer, wenn sie gegen die besten, die die Oberliga zu bieten hat, spielen und sie auch schlagen, während ihr Alter und die Diskriminierung ihnen die Chance verbauen, in der Oberliga zu spielen?"

Satchel Paige schüttelte den Kopf und lächelte. „Na, junger

Mann, das war ja ein Riesenhaufen Wörter. Der alte Satch hat schon seine ganze Kraft zusammenreißen müssen, um da noch mitzuhalten." Die Reporter kicherten. „Aber ich versteh, was Sie meinen, Sie wollen wissen, ob so 'n alter Knabe wie ich sich darüber ärgert, daß er die Oberliga-Leute schlägt und selbst nicht mit ihnen in der normalen Saison spielen darf. Also, die Antwort darauf ist schon - ja. Macht mich wütend, wenn ich mal drüber nachdenke. Aber ich bin ein Werfer, und das verlangt meine ganze Konzentration. Ist schlecht für die Gesundheit, wenn man sich dauernd über eine Lage ärgert, die man nicht selbst gemacht hat und die man auch todsicher nicht selbst ändern kann. Eines Tages wird das ganz anders sein, dann kriegen wir auch unsere Chance. Aber bis diese Jim Crow-Benachteiligung aus dem Baseball mal rausgeschmissen ist, sind die Spiele auf dem Land halt das einzige, das es gibt."
Das Interview ging noch 10 bis 15 Minuten weiter. Die Reporter wollten wissen, wie das legendäre Werfer-As sich auf große Spiele vorbereitet, was er zum Abendessen zu sich nimmt und ob sein Arm schmerzt, wenn er so oft spielt. Satchel Paige beantwortete diese und andere Fragen spielerisch. Er war jemand, der mehr als nur einen schnellen Ball haargenau kontrollieren konnte, und er war vom Scheitel bis zur Sohle genauso sehr ein Schauspieler wie ein Werfer.
Um 19 Uhr wurden die Reporter rausgescheucht, als der Manager der Paige-Auswahlmannschaft reinkam und Satch in seine Umkleidekabine drängte, damit er sich für das Spiel umziehen konnte. Ich verließ mit Vernell Leggett den Umkleideraum und begleitete ihn hinauf in die Pressekabine des Stadions.
Bis zum Spiel war nur noch weniger als eine halbe Stunde Zeit. Die Ränge, die 20 000 Menschen aufnehmen können, waren fast halb besetzt. Auf dem Weg hinauf zur Pressekabine hielt ich an, um mir das sich langsam füllende Stadion anzuschauen. Laute Schlaggeräusche, die von einer Ecke hinter dem Graben an der dritten *Base* kamen, erregten meine Aufmerksamkeit. Einige früh angekommene Schreihälse standen da und schwenkten geöffnete Bierflaschen. Andere schlugen mit me-

tallenen Schöpflöffeln auf glänzende neue Mülleimerdeckel. Das waren die Jungs von der Reinerhaltungs-Liga. Es schienen ungefähr 50 zu sein.
Ich stupste Vernell Leggett in die Seite. ,,Da unten'', deutete ich. ,,Diese rotäugigen Lümmel, die da all den Krach machen. Das sind die Clowns, von denen ich dir erzählt habe. Behalt sie im Auge. Die könnten für Schwierigkeiten sorgen.''
Leggett nickte, während er finstere Blicke in ihre Richtung schickte. Er wandte sich um und stieg weiter die Stufen zur Pressekabine hinauf. Ich folgte ihm.
,,Ich kenne einen Kerl vom *Pittsburgh Courier''*, sagte er mir, während wir uns unserem Ziel näherten. ,,Er weiß alles über Paige und die Farbigen-Ligen. Der ist schon seit vier Jahren zusammen mit Satch bei dieser Tournee auf dem Land mitgereist. Der wird 'n paar gute Sachen erzählen können, die ich dann in meiner Geschichte benutzen kann. Wir setzen uns für 'n paar Durchgänge neben ihn. Ich bin mir sicher, daß er ganz gern was über deine Fanatiker da unten hören möchte. Ich hab ein paar Leuten erzählt, was du mir erzählt hast. Vielleicht kommen die später mal vorbei.''
Wir erreichten die Pressekabine. Am hinteren Ende waren ein paar Sitze für ,,Negerpresse'' reserviert. Das stand auf einem Schild. Leggett entdeckte seinen Freund inmitten dreier schwarzer Journalisten, die an der Ecke des Pressetisches saßen. ,,Preston, alter Knabe!'' sagte er.
Der Mann schaute von der Zeitung hoch, die er gerade las. ,,Vernell Leggett'', sagte er. Er stand auf und streckte die Hand aus. ,,Prima, dich zu sehen, Mann. Seit wann schreibst du denn für die Sportseite?''
Leggett nahm die Hand des Mannes und schüttelte sie. ,,Seit heute nacht. Unser Sportreporter mußte mit einem schweren Fall von Frauenleiden zu Hause bleiben. Die *Sun* hat mich hierher geschickt, um über das Spiel zu berichten. Ich hatte gehofft, du würdest mir so 'n bißchen Insiderinformationen über Satchel geben können. Na, du weißt schon, um die Geschichte zu vervollständigen.''

Leggett zog einen Stuhl heran und begann ein paar Fragen über Satchel Paige zu stellen. Ich stand hinter ihm, einfach wie eine große Schaufensterpuppe. Preston bemerkte, daß ich nicht wegging. ,,Dein Freund auch bei der *Sun?*" fragte er spaßig nach einer Minute.
,,Freund?" sagte Leggett, als sei das Wort gerade erst frisch geprägt worden und als suche er noch nach einer Bedeutung. Preston deutete mit seinen Augen nach mir. Leggett drehte sich auf dem Stuhl herum. ,,Ach Gott! Kovachs! Tut mir leid. Preston Cobb, Journalist, darf ich bekanntmachen mit Riley Kovachs, Privatdetektiv."
,,Privatdetektiv?" sagte Cobb. ,,Leggett, hast du inzwischen eine Leibwache? Ich wußte doch, daß dein großes Mundwerk dich früher oder später in Schwierigkeiten bringen würde, aber eine Leibwache!"
,,Nix von der Art, Preston. Kovachs arbeitet an 'nem Fall von 'nem Bruder, der letzte Woche umgebracht worden ist. Ein Spitzenspieler für die Blues. Und was meinst du mit ‚großes Mundwerk'?"
Preston Cobb hörte Leggett gar nicht zu und sprach mich direkt an. ,,Sie meinen Chet Jones?"
Ich nickte.
,,Hab gehört, der Junge ist an 'nem Unfall gestorben. Vom Schiff runtergefallen oder so was."
,,Zeigt ja wohl, wie wenig du weißt, Mr. Drew Pearson mit 'nem schwarzen Gesicht", sagte Leggett. ,,Los, Kovachs. Erzähl ihm mal von diesem Haufen Hyänen da hinten."
Die nächsten fünf Minuten lang erzählte ich ihm eine verkürzte Fassung von der Pacific Coast Reinerhaltungs-Liga, ihren Verbindungen mit dem Tod von Chet Jones und ihren Plänen für das bevorstehende Spiel, soweit ich sie kannte. Ich erzählte ihm, daß man ein Auge auf Josh Williams halten solle, und schlug vor, daß der Reporter ihn und die übrigen schwarzen Auswahlspieler informieren sollte, bevor das Spiel anfing. Ich wollte keine Panik in Gang setzen, denn soweit ich wußte, würden Duffy und seine Saufkumpane einfach nur ein bißchen

Krach machen und dann betrunken nach Hause gehen, aber keinen Rassenkrawall auslösen.
Preston Cobb hörte sich alles, was ich ihm erzählte, genau an und fügte von sich aus noch einiges hinzu. Er verband die Nachricht von der Pacific Coast Reinerhaltungs-Liga mit den Drohungen gegen Jackie Robinson, die diesen während der ganzen Saison verfolgt hatten. Er sagte, es seien einfach hohle Drohungen von einer Handvoll Rassenfanatiker, aber sie müßten doch ernst genommen werden. Es sei nicht klug, das geringste Risiko einzugehen, sagte er. Er griff nach seiner Zeitung auf dem Pressetisch und stand auf, um zu gehen.
,,Da unten auf dem Spielfeld gibt's ein paar Leute, die darüber Bescheid wissen sollten'', sagte er.
,,Darf ich einen Vorschlag machen?'' fragte ich. ,,Da gibt's doch diesen großen ....''
,,Sie meinen Louis? Der ist der allererste, mit dem ich sprechen werde.''
Wir verließen zu dritt die Pressekabine und gingen die Stufen des Stadions hinunter zum Graben der Paige-Auswahlmannschaft. Unterwegs versorgte Preston Cobb Vernell Leggett mit einigen Fakten, die zur Legende um Satchel Paige gehören. Er erzählte ihm, daß er mit der Auswahlmannschaft zusammen gereist sei, seit die Tournee vor mehr als einem Monat begonnen hatte. Er hatte gesehen, wie ‚der alte Mann', wie er Paige nannte, gegen Ewell Blackwell gewonnen hatte. Zweimal sogar! Und das war der gleiche Ewell Blackwell, der in dieser Saison 22 Spiele für eine so durchschnittliche Mannschaft wie Cincinnati gewonnen hatte. Einer dieser Siege war ein Spiel gegen Boston gewesen, in dem der Gegner auch nicht zu einem einzigen Treffer gekommen war. In jüngster Zeit, sagte er, hatte Paige dann ein direktes Aufeinandertreffen mit ‚Rapid Robert' Feller gehabt. Er erinnerte uns daran, daß das der einzige Werfer der Amerikanischen Liga gewesen war, der 1947 insgesamt 20 Spiele gewonnen hatte. Das war der gleiche Bob Feller, der das Jahr vorher einen Oberliga-Rekord aufgestellt hatte, indem er insgesamt 348 Schlagmänner ausgeschaltet

hatte. Das wußte ich bereits. Cobb erzählte uns, daß, obwohl die Paige-Auswahlmannschaft die beiden Spiele gegen Fellers Jungs verloren hatte, Satch den besten Werfer der Amerikanischen Liga im direkten Vergleich besiegt hatte.
,,Feller hat 7 *hits* abgegeben und die gleiche Anzahl *strike-outs* in 9 Durchgängen herausgeschlagen. In den diesen 9 Durchgängen hat Satchel 5 *hits* abgegeben und einen *run*, während er 15 *strike outs* herausgeschlagen hat! 15 *strike outs*!'' rief Cobb aus. ,,Gegen Oberliga-Stars wie Kiner, Pafko, Fain und Keltner. Der Mann ist auf der Höhe seiner Laufbahn, das sag ich euch. Es ist 'ne gottverdammte Sauerei, wenn er keine Möglichkeit bekommt, in den Oberligen zu spielen.''
Als wir auf das Spielfeld kamen, verließ Preston Cobb uns. Er gab Vernell Leggett das Bündel Presseinformationen und die Karte mit den Mannschaftsaufstellungen. Dann kletterte er über das Geländer und verschwand in dem Graben der Paige-Auswahlmannschaft. Leggett und ich kletterten die Stufen entlang mehrerer Sitzreihen hoch zu unseren Sitzplätzen, die zwischen der *home plate* und der Rassistengruppe lagen. Es war kurz nach halb acht.
Fünf Minuten später betrat die schwarze Mannschaft das Feld. Eine Welle von Buhrufen und lautem Getöse erhob sich aus der Ecke, wo die Truppe der Reinerhaltungs-Liga saß. Jeder im Stadion konnte sie hören, es gab aber auch einen herzerfrischenden Augenblick des Beifalls von der Tribüne, die zumeist von Weißen besetzt war. Als Satchel Paige ein paar Momente später den Wurfhügel erreichte und den Ball aufhob, übertönte die Menge die Buhrufe und das Gepfeife mit einer lauten Beifallskundgebung. Nach einem halben Dutzend Aufwärmwürfen ging das Spiel los.
Peanuts Lowry war der erste Schlagmann für die Auswahlmannschaft von Feller.
Paige ließ ihn schlecht aussehen, indem er unbeirrt einen schnellen Ball nach dem anderen an Lowry vorbei warf, ohne daß dieser treffen konnte. Peanuts, der Rechtsaußen der Chicago Cubs, wurde ausgeworfen, weil er nichts als die Nachtluft

traf. Die beiden nächsten Schlagmänner machten es nicht besser. Satchel ließ das alles so leicht aussehen. Die Menge tobte begeistert, als er schließlich gemächlich zu seinem Graben rüberging.
Feller hatte in der ersten Hälfte seines Durchgangs nicht so viel Glück. Die Spieler von Paige ließen sich von ‚Rapid Roberts‘ dahinzischendem blauen Ball nicht beeindrucken und erzielten hintereinander drei Treffer und einen Punkt.
Im zweiten Durchgang sahnte Satchel Paige bei den Schlagmännern der Oberliga ab, ohne auch nur ins Schwitzen zu kommen, indem er seine berühmte Bandbreite von Würfen ausspielte - vom ,,verzögerten Wurf" und dem ,,Luftlinienball" bis zum ,,Long Tom" und dem ,,unberechenbaren Ball". Josh Williams war der erste Schlagmann in der zweiten Hälfte des Durchgangs. Die meisten Fans klatschten kräftigen Beifall für den ,,Einheimischen". Die Leute der Reinerhaltungs-Liga ließen ihrerseits ein Sperrfeuer von Beleidigungen los, die sehr wohl weit über ihre kleine ,,Clique" hinaus hörbar waren.
,,Heh, Schneeflocke!" brüllte ein tiefstimmiger Rassenfanatiker. ,,Gestern nacht hab ich deine Mammi in 'nem Baum sitzen gesehn."
,,He, Schuhputzer!" rief ein anderer. ,,Wir können dich bis hier oben hin riechen." Die Jim Crowers lachten und schlugen auf ihre Mülleimerdeckel. Einige Leute, die nicht zu Duffys Meute gehörten, sagten ihnen, sie sollten den Mund halten.
Josh traf einen schnellen Ball von Feller und schlug ihn weit in das linke Feld hinein. Aber der Ball flog nicht weit genug, um irgendeinen Schaden anzurichten, und der Linksaußen konnte ihn nach einer kurzen Jagd auffangen. Duffys und Myrons Gruppe brüllten vor Befriedigung, als der Ball in das Innenfeld zurückgeworfen wurde, und sie ließen eine neue Runde von rassistischen Sticheleien los.
Aber ihre Freude war nur kurzlebig. Joe Green, der Fänger, war der nächste Schlagmann. Er traf einen schnellen Ball von Feller ,,ins Stadtzentrum", wie man so sagt. Ein hochstei-

gender *homerun* über den Zaun, der den Paige-Leuten die 2:0-Führung brachte.
Im dritten Durchgang begannen die Leute von der Reinerhaltungs-Liga, Paige zu verhöhnen. ,,Heh, Uncle Remus'', schrie eines der Großmäuler. ,,Du solltest zu Hause sein und Baumwolle pflücken.''
,,Heh, Satch!'' brüllte ein anderer und formte seine Hände zu einem Sprachrohr. ,,Warum wirfst du denn nicht deinen Wassermelonenball?''
Ein paar von den Fans einige Reihen hinter der Reinerhaltungs-Liga-Meute riefen zurück: ,,Haltet's Maul und guckt euch das Spiel an.'' Einen Augenblick später gab es eine kurze Rangelei mit Hinundhergeschiebe zwischen drei oder vier weißen Fans.
Ich weiß nicht, ob irgendwelche von den Sticheleien bis zu Satchel Paige gelangten. Er hatte das alles ja schon vorher gehört - tausendmal -, aber Bob Sturgeon von den Cubs schaffte einen langgezogenen Ball, der vom Zaun zurückprallte. Dann griff das schwarze Werfer-As in seinen Sack voller Tricks und zauberte eine Kombination von schnellen und eingestreuten ansatzlosen Würfen hin, um die nächsten drei Schlagmänner ohne Treffer ausscheiden zu lassen.
In der zweiten Hälfte des dritten Durchgangs verloren die Innenfeldspieler von Feller die Nerven. Zwei Fehler und vier Treffer, darunter einer von Josh Williams, brachten der Paige-Auswahlmannschaft vier Punkte. Duffys Anfeuerungsbrüder verstummten. Sie selbst wurden die Zielscheibe von Sticheleien einiger Fans. Nachdem die Paige-Spieler ihren siebten Punkt im Spiel erzielt hatten, stand ein Mann, ein weißer Mann, auf und brüllte, ,,Heh, ihr Jim Crowers! Freßt euren Crow doch selbst!'' Ein paar Dutzend Leute um ihn herum nahmen den Spruch auf und sangen ihn etliche Male, um ihre Meinung zu unterstreichen. Der einzige Ton, den man von den vorher noch so prahlerischen Rassentrennungs-Fanatikern hören konnte, war ein gelegentliches ,,Halt's Maul!'' als Antwort auf die Herausforderungen der Fans.

Diese Fans waren wahrscheinlich weit entfernt von den Ansichten kämpferischer Integrationsverfechter und wahrscheinlich nicht progressiv im wörtlichen Sinne. Vielleicht standen sie solchen Ansichten sogar feindlich gegenüber, aber es waren einfach ganz normale Leute mit einem altmodischen Sinn für Gerechtigkeit. Leute, die Spaß am Baseball und etwas für Talent übrig hatten. Ihnen war's ziemlich egal, ob die herausragenden Athleten nun weiß oder schwarz waren. Für sie war das Spiel wichtig. Wie schade, daß sie diese Einstellung nicht den eukalyptusköpfigen Baseball-Päpsten klarmachen konnten, die darauf warteten, daß Branch Rickeys ,,Experiment" mit Robinson fehlschlagen würde.

Am Ende des achten Durchgangs schaffte die Auswahlmannschaft von Paige einen weiteren Punkt. Satch warf wie jemand, der nur halb so alt war wie er. Er warf ,,Aspirintabletten", wie die Sportreporter gerne sagen, wenn sie über einen Werfer schreiben, dessen schnelle Bälle totsicher sind. An diesem Abend warf der alte Paige genau so. Im neunten Durchgang räumte er ordnungsgemäß mit den Schlagmännern auf. Für das ganze Spiel hatte er nur vier Treffer zugelassen, keinen einzigen Punkt, darüberhinaus 15 Schlagmänner ausgeschaltet. Man mußte Feller zugestehen, daß die Mannschaft, die er aufbringen konnte, nicht an einige der Mannschaften heranreichte, die er in der Vergangenheit hatte zusammenstellen können. Aber es waren alles Oberligaspieler, und Satchel Paige und seine Stars hatten sie mit 8:0 vernichtend geschlagen!

Der alte Mann auf dem Werferhügel hatte den besten Werfer der Oberligen zum dritten Mal in weniger als einem Monat im direkten Kampf besiegt. Und Josh Williams - der hatte im achten Durchgang einen zweiten Punkt geschlagen und einen fast unmöglichen Fang bei einem langen Ball im linken Spielfeld geschafft, der die Menge von ihren Sitzen riß. Falls Mr. Bill Veeck, der neue Besitzer der Cleveland Indians, auf der Tribüne saß, wie es Gerüchte wissen wollten, dann hatte er hoffentlich zwei Generationen von Talenten draußen auf dem Spielfeld genau unter die Lupe genommen. Ich glaube schon, daß jeder im Seals-Stadion, die Reinerhaltungs-Liga mitinbegriffen, zugestimmt hätte, daß es nicht der Mangel an Talent war, der Satchel Paige und Josh Williams aus dem Oberliga-Baseball heraushielt.

19.

Die Fans verließen das Stadion schnell. Innerhalb einer Viertelstunde waren fast alle Leute in die Seitenstraßen von Potrero Hill verschwunden und unterwegs nach Hause. Nur ein paar Hundert Nachzügler blieben zurück. Darunter war ein Dutzend Jungs, die von Gang zu Gang rannten und nach leeren Pappbechern Ausschau hielten, um sie umzudrehen und drauf zu springen. Das hohle Dröhnen der zerplatzenden Pappbecher echote durch die Arena aus Holz und Zement.

Zwanzig Minuten danach, nachdem alle Becher zerstampft, alle Wetten ausgezahlt und die Restaurants für den Besuch nach dem Spiel ausgewählt worden waren, stand das Stadion praktisch verlassen da. Vernell Leggett und ich verließen die Spielstätte und gingen die Bryant Street-Seite des Stadions hinunter in Richtung der 15. Straße. Wir standen vor einer Seitentür, aus der die Spieler in kleinen Gruppen herauskamen.

Die Stadionscheinwerfer hoch über dem Spielfeld verstreuten genug Licht, so daß man über die Straße sehen konnte, aber viel weiter sah man nicht. Leggett und ich zündeten uns Zigaretten an. Das schien das richtige für diesen Augenblick zu sein. Dann löschten plötzlich die Stadionarbeiter, die ihre Arbeit für den Abend erledigt hatten, die Scheinwerfer. Der ganze Block war jetzt in Dunkelheit getaucht. Ein bewölkter Mond, der schwache gelbe Widerschein der Lichter aus der Innenstadt, eine nackte Glühbirne über dem Ausgang für die Spieler und die rötlichen Enden unserer Glimmstengel gaben das einzige Licht innerhalb von 30 Metern in alle Richtungen ab.

Vernell Leggett und ich schwiegen. Aber wir beide dachten das gleiche. Nachdem wir ein paar Minuten in der Dunkelheit gestanden hatten, öffnete sich die Tür für die Spieler. Zwei Männer kamen heraus. Ich konnte ihre Gesichter kaum erkennen, aber ich wußte, daß der eine von ihnen Levi Williams war. Der Mann neben ihm war sein Sohn, Josh. Ohne ein Wort zu wechseln, begannen Leggett und ich auf sie zu zu gehen.
,,Mr. Williams'', sagte ich, als wir nah genug herangekommen waren, um uns erkennen zu können. ,,Hätten Sie was dagegen, wenn Mr. Leggett und ich Sie zu Ihrem Auto begleiten?''
,,Kovachs!'' sagte der ältere Williams verärgert. ,,Ich hab Ihnen doch gesagt, daß ich was dagegen hab, wenn Sie sich bei mir einmischen. Jetzt lassen Sie mich und meinen Jungen in Frieden.''
Er wollte sich an uns vorbeidrängen. Vernell Leggett schaltete sich ein. ,,Moment mal, Williams'', sagte er. ,,Gegen Ihren Sohn hat's da 'n paar Drohungen gegeben. Kovachs versucht doch einfach nur, Ihnen zu helfen, Ihren Sohn zu beschützen. Sie könnten ihm da ein bißchen entgegenkommen, oder? Ich meine, Sie brauchen ihm doch nicht den Kopf abzureißen.''
Levi Williams hielt an und drehte sich abrupt in Leggetts Richtung um. ,,Sie kenn ich überhaupt nicht'', sagte er und streckte einen wütenden Finger in sein Gesicht. ,,Aber ich sag Ihnen das gleiche, was ich diesem großen Schwachkopf Louis innendrin erzählt hab. Lassen Sie uns in Ruhe! Wir passen schon auf uns selbst auf!''
Vernell Leggett hob resignierend die Hände und zuckte mit den Schultern. ,,Na ja, Mister, Sie könnten ja recht haben. Ich hoffe, es ist so, Ihretwegen und auch für den Jungen.'' Er wandte sich an mich. ,,Los, Kovachs, gehn wir. Samariter werden hier nicht gebraucht.''
Wir vier trennten uns. Vernell und ich waren gerade erst 20 Schritte gegangen, als wir Stimmen hörten. Laute Stimmen. Wir drehten uns um und sahen das Licht einer Taschenlampe an der Spitze einer nicht genau zu bestimmenden Anzahl von

Leuten auf und ab tanzen. Sie kamen aus der Richtung der Short Stop Bar, und sie kamen schnell. Augenblicklich hatten sie einen Halbkreis um Josh und Levi Williams gebildet. Der Mann, der die Taschenlampe trug, war Duffy. Er hatte mindestens 20 Kumpel dabei. Sie waren betrunken und wütend.
Sie bewegten sich vor den beiden Williams hin und her und blockierten den Weg. Beleidigungen flossen von ihren Lippen wie ungeklärte Abwässer in die Bay. Einige trommelten mit hölzernen Schlagstöcken und Radeisen auf den Boden.
,,Sieht so aus, als hätten wir uns hier 'n paar Nigger gefangen'', hörte ich Duffy sagen, während er mit der Taschenlampe in die Gesichter von Josh und Levi Williams leuchtete.
Leggett und ich kamen den beiden in die Enge getriebenen Männern von hinten zu Hilfe. ,,Hören Sie doch auf, Duffy!'' sagte ich.
Der blonde Rassenfanatiker erkannte mich. ,,Ach, schau mal'', sagte er lächelnd, ,,das hier muß unser Glückstag sein. Guckt doch mal, wer da ist, Jungs. Das ist der niggerliebende Spion, der sich in unsere Versammlung eingeschmuggelt hat.''
Duffys Verbündete knurrten wie wütende Hunde, die kurz an der Leine gehalten werden.
,,Und er hat seinen eigenen Mohren mitgebracht'', lachte ein anderer und deutete auf Leggett.
Dann trat ein anderer Mann neben Duffy. ,,Sieht so aus, als würden wir 'ne richtige kleine Party zusammenkriegen'', sagte er und klopfte mit einem Baseballschläger auf seine offene Handinnenfläche. ,,Wir werden ihnen 'ne schöne Lektion darüber erteilen, wo der Nigger im Oberliga-Baseball hingehört. Ich krieg die ersten Schläge bei diesem weißen Scheißkerl'', sagte er und grunzte seine Worte fast.
Wir vier - Vernell Leggett, die beiden Williams und ich - schauten einander an und wußten, ohne daß wir irgend etwas sagten, daß es nur einen Ausweg hieraus gab. Wir verteilten uns etwas, stemmten die Füße in den Boden und suchten uns schon Punkte in der Reihe der Männer vor uns aus, die wir angreifen wollten.

Duffys Schläger hielten ein bißchen zurück. Sie stichelten weiter und drohten uns, daß schreckliche Qualen auf uns und unsere Frauen und überhaupt jeden warteten, der jemals irgendwas mit uns zu tun gehabt hatte. Wir warteten darauf, daß sie den ersten Schritt tun würden. Es schien so, als ob wir eine Ewigkeit warteten, aber in Wirklichkeit hatte die ganze Szene bis zu diesem Punkt weniger als drei Minuten gedauert.

Ich wurde des Wartens müde. Bring's hinter dich, das ist mein Motto, was Schmerz angeht. „Auf in den Kampf!" schrie ich, nahm einen Anlauf und tauchte in die feindliche Linie. Darauf waren sie alle nicht vorbereitet. Ich rammte gegen einen muskelbepackten Kerl, warf ihn um und nahm noch zwei oder drei andere mit ihm runter.

Dann wandte sich mein Glück ganz erheblich zum Schlechteren. Ein paar von den Knuffern der Reinerhaltungs-Liga sprang mir auf den Rücken und begann damit, auf meinen Kopf und meine Nieren einzuschlagen.

Ich hörte, wie Levi Williams ausrief „Ich nehm mir den Dünnen mit dem gelben Haar vor", womit er Duffy meinte, „und den andern daneben. Mein Sohn, du weißt, was du tun mußt."

In der nächsten Sekunde wogte ein wilder Kampf aller gegen alle. Ich war für einen Moment wieder auf meine Füße gekommen. Ich zielte auf einen Kerl, der gerade wieder aufstand, und traf ihn voll auf sein großes, häßliches Mundwerk. Dann sah ich aus meinem Augenwinkel einen anderen Strolch mit einem Radeisen, das direkt über meinem Kopf geschwungen wurde. Ich wußte, daß ich nicht genug Zeit hatte, um seinem mörderischen Schlag auszuweichen. Ich drehte mich um und schaute sprach- und wehrlos nach oben, während ich versuchte, meine Arme zu heben, um meinen Kopf zu schützen. Das Eisen hatte den Scheitelpunkt der Kurve erreicht und begann sich allmählich in Richtung meines Kopfes zu senken. Dann erschien aus dem Nichts heraus eine große schwarze Hand und packte den Arm, der das Eisen hielt, brach den Schwung abrupt ab. Die Hand gehörte Levi Williams. Er riß den Mann mit dem Radeisen herum und ließ eine 100-Pfund-Faust gegen seinen Kiefer los. Der Mann sackte zusammen wie ein Kräcker in einem Teller heißer Suppe.

Ein schriller Schrei erklang hinter mir. ,,Ran an die Nigger!" Ich drehte den Kopf, um zu sehen, wer es war. Es war Myron, der Eisenwarenhändler. Dann traf mich ein Baseballschläger im Bauch. Ich krümmte mich vornüber und schnappte nach Luft. Vernell Leggett fiel mir zu Füßen, Blut strömte an der Seite seines Gesichtes herunter. Ich versuchte, ihm wieder hochzuhelfen, aber ich wurde noch einmal getroffen und fiel stattdessen auf ihn.

Ich rollte mich runter und sah, wie zwei Halsabschneider Josh Williams festhielten, während ein dritter ihm ins Gesicht und in den Magen schlug. Levi Williams war neben ihm, mit zwei Männern auf seinem Rücken und zwei weiteren, die sich an seine Beine klammerten. Er fand aber immer noch die Kraft, seine sehr großen Fäuste in diese feindlichen weißen Gesichter in seiner Reichweite zu pflanzen.

,,Bringt die Nigger um! Bringt die Nigger um!" Dieser blutdürstige Gesang hallte in meinen Ohren, während ich mühsam aufstand und in die Richtung stolperte, wo Josh Williams böse zugerichtet wurde. Ich riß einen Mann von ihm weg, war aber hoffnungslos in der Unterzahl. Es sah so aus, als würde Josh nicht um die Prügel herumkommen. Wir alle würden nicht drum herumkommen.

Dann hörte ich weitere Rufe. Ein anderes, lauteres rhythmisches Rufen. ,,Ran an die Rassisten! Ran an die Faschisten!" Duffys Bande hielt inne und wandte sich um in Richtung der Rufe. Ich starrte in die Dunkelheit hinaus und sah, wie ungefähr 40 Männer auf uns zukamen. Sie marschierten wie in einer Kompanie. Dann begannen sie zu laufen und umkreisten unsere kleine blutige Schlägerei.

,,Preston!" rief Vernell Leggett und stand mit Mühe auf. ,,Coffee Ship Charlie! Bist du's, schwarzer Bruder?" Ich erkannte, daß die Husaren gekommen waren, um uns herauszuhauen. Über die Hälfte der frischen Truppen waren Schwarze. Und es sah so aus, als ob mindestens genauso viele Männer

Schauermützen trugen. ,,Wir könnten schon ein bißchen Hilfe gebrauchen, um diesen Haufen Mülltonnen zusammenzufegen'', sagte Leggett.

Ohne ein weiteres Wort wateten die Männer in Duffys Bande hinein und schwangen eine geladene Faust nach der anderen. Louis, der gigantische Wächter für die Paige-Auswahlmannschaft, hob einen der Tapferen der Reinerhaltungs-Liga hoch und warf ihn in eine Gruppe von vier oder fünf seiner Kumpane. Sie fielen alle hin, und Louis stellte sicher, daß sie auch unten blieben, indem er seine Schlaghammerfäuste in das Fleisch von jedem hineinrammte, der töricht genug war, wieder aufzustehen.

Aus einem Augenwinkel sah ich Nate Murphy und rief zu ihm hinüber. Das Blut floß wie Wein bei einer französischen Hochzeit. Nur war's diesmal nicht das unsere. Duffys ausgemergeltes Dutzend schrie Zeter und Mordio und versuchte verzweifelt zu entkommen. Aber unsere Jungs hatten sie umzingelt und dachten nicht daran, sie unbeschadet entkommen zu lassen. Zwei der Rassenfanatiker in Jacketts der gleichen Oberschule gingen unter in einem Regen von Schlägen von Vater und Sohn Williams, die wie eine Schlagzeugkombo aussahen, die ihr eigenes Arrangement von ,,Cherokee'' spielte.

Die nächsten fünf Minuten machten beinahe Spaß. Die Geräusche von Knöcheln, die Knochen zerbrachen und Freßmägen die Luft und in einigen Fällen Bier herausschlugen, war Musik in unseren Ohren. Die Rassisten waren an Zahl und Muskelkraft unterlegen. Es gab einem schon eine gewisse Befriedigung, Duffy und seine Meute auszupunchen, ohne als Antwort auch nur die Zunge herausgestreckt zu bekommen. Ich bin mir sicher, daß einige andere das gleiche Gefühl hatten. Josh Williams hielt einen blutbedeckten Oberschulathleten am Kragen seines rot-weißen Jacketts. Er holte aus und verpaßte ihm einen Sandmann-Spezial auf die Kiefer. ,,Einen dafür, daß Buck Leonard aus der Oberliga rausgehalten wird'', sagte er in dem Moment, als er traf. Der Mann taumelte herum wie ein Einkaufswagen, der außer Kontrolle gerät. Josh packte ihn noch einmal am Kragen. ,,Und der hier dafür, daß ihr Satchel nicht reinlaßt'', sagte er und landete eine Gerade, die bei dem Mann die Lichter ausblies.

Fast urplötzlich endete der Kampf. Vernell Leggett ging auf einen blutenden Duffy los, der ihn aus geschwollenen Augen anschaute. Er stützte die Hände auf seine Hüften, während er um den zerschlagenen Rassenfanatiker herumging. ,,Aber, aber, aber'', mokierte sich Leggett. ,,Was haben wir denn hier? Einen schmächtigen Kerl, dem man die ganze Füllung herausgekickt hat.'' Er stach einen Finger in Duffys Brust und warf ihn damit fast um. ,,So, jetzt hör mal genau hin. Ich verlange, daß du diesen ganzen weißen Abfall hier in der Gegend aufhebst und wegtransportierst, bevor wir ein paar von euch zu Hundefutter machen. Hast du mich verstanden, Junge?'' Duffy nickte. ,,Was?'' schrie Leggett ihm direkt ins Gesicht.

,,Ja'', sagte der halb bewußtlose Duffy.

,,Ja, was?''

,,Ja, Sir.''

Vernell Leggett grinste und wandte sich an mich. ,,Ich hab's einfach zu gerne, wenn sie einen Sir nennen.'' Er wandte sich wieder Duffy zu. ,,So, jetzt aber raus hier mit deinem räudigen Arsch. Verpiß dich!'' Duffy begann in die Richtung der Short Stop Bar davonzustolpern. ,,Und laß uns ja nie wieder einen von deinen Liga-Typen und Popcornköpfen hier an diesem Baseballstadion über den Weg laufen.'' Dann wandte sich Leggett mir zu und flüsterte, ,,Stütz mich, Kovachs, ich glaub, ich fall in Ohnmacht.'' Ich tat's, und er tat's nicht, aber wir waren beide ganz schön zerschlagen. Zwei von Leggetts Schauerfreunden packten ihn unter den Armen und führten ihn zu einem Auto, das am Bordstein wartete.

,,Wir waren großartig, nicht, Kovachs?'' sagte er, während man ihm ins Auto hineinhalf.

,,Das Beste vom Besten'', sagte ich und versuchte ein Lächeln herauszubringen. Aber es tat doch zu weh. Alles, was ich hatte, tat weh. Sogar meine Augenwimpern. Und um die Wahrheit zu sagen, ich wollte mich nie wieder zusammen mit Vernell

Leggett oder irgendeinem anderen schlagen, nie wieder. Selbst wenn wir die Garantie hätten, daß wir gewinnen würden. Ich winkte Vernell mit meinen Augen zu, während das Auto wegfuhr.
Nate Murphy kam zu mir her und bot mir an, mich nach Hause zu fahren. Ich sagte ihm, ich würde es allein schaffen, falls nicht unterwegs Leichenstarre eintreten werde. Ich dankte ihm dafür, daß er gekommen war und geholfen hatte.
„Na, also unter uns, Riley", sagte er mit gesenkter Stimme aus dem Mundwinkel, „ich bin hier ganz privat. Ich hab 'n paar Jungs von Sears mitgebracht, aber das hier ist von der Partei nicht abgesegnet worden. Das politische Komitee hat gesagt, es wäre ‚politisch falsch, auf diese Weise einzugreifen'. Zum Teufel mit ihnen. Ich werd ganz schön ins Kreuzfeuer dafür geraten, daß ich hierher gekommen bin, aber was soll's, das war die Sache schon wert, alter Freund."
„Allmählich mag ich dich, Murphy", sagte ich und klopfte ihm genossenhaft auf die Schulter. „Ich glaub, für dich gibt's immer noch Hoffnung."
„Und für dich auch, alter Knabe", sagte er mit einem Lächeln.
„Genau, alter Junge. Genau. So, jetzt entschuldige mich bitte, ich hab eine wichtige Verabredung mit einer Tasse Kaffee und einem sehr heißen Bad."
Ich schüttelte Nate Murphys Hand und begann mich langsam in Richtung meines Autos zu bewegen wie ein alter Mann, der auf einem Bett von weichgekochten Eiern geht. Ich hatte so ungefähr 15 Schritte gemacht, als ich hörte, wie jemand meinen Namen ausrief. Es war Levi Williams.
„Sie haben sich hier draußen ziemlich tapfer geschlagen", sagte er. „Das erstemal in meinen Leben, daß ich gesehn hab, wie weiße Männer für Schwarze 'nen Kampf riskieren." Sein Gesicht war nüchtern und steinern. In seiner Stimme konnte man eine Spur Verwirrung entdecken.
„Wir sind nicht alle Rassenfanatiker", sagte ich. „Es sieht einfach nur meistens so aus."

Levi Williams schüttelte den Kopf. ,,Weiße Männer, die zusammen *mit* Schwarzen kämpfen und nicht gegen sie.''
,,Das passiert schon mal, Mr. Williams. Nicht oft, aber es passiert schon mal.''
,,Na ja, wahrscheinlich. Was ich gerne sagen möchte, ist, daß ich mich in Ihnen vielleicht geirrt habe.''
Ich hob meine Hände hoch. ,,Sie brauchen sich nicht zu entschuldigen.''
,,Ich entschuldige mich ja auch nicht!'' sagte er scharf. ,,Ich hab gesagt, ich hab mich vielleicht geirrt. Ich hab 46 Jahre hinter mir, die was ganz anderes erzählen als das, was ich heute abend gesehen habe. Aber ich muß doch eins noch sagen.'' Er zögerte und schaute von mir weg. Der tiefe Baß einer Schiffssirene in der Bay füllte die verlegene Stille aus. ,,Sie haben sich da heute abend Josh und mir aufgedrängt, nachdem ich Ihnen doch gesagt hab, ich weiß gar nicht, wie oft, Sie sollen uns in Ruhe lassen. Na ja, ich bin doch froh, daß Sie gerade das nicht gemacht haben.''
Levi Williams wandte sich ab, sobald das letzte Wort aus seinem Mund war, und ging weg. In Richtung 15. Straße, wo er sich Josh anschloß. Ich beobachtete die Männer, bis sie in der nebligen Dunkelheit verschwunden waren. Aber ich konnte ihre Fußtritte immer noch hören. Sie wurden schwächer, und endlich waren auch sie verschwunden. Ich griff in meine Tasche nach einer Chesterfield. Ich zündete sie an und sog den Rauch ein. Mit einem tiefen Zug. Irgendwo brachte eine Katze ein paar Mülleimer zum Rappeln. Kein anderer Laut. Keine Autos, keine Busse, keine Mütter, die ihre Kinder anschrien, sie sollten das Licht ausmachen und zu Bett gehen. Überhaupt nichts.

20.

Ich schlief bis fast 10 Uhr morgens. Die nächste Stunde lag ich im Bett, zählte meine Wehwehchen und überdachte das, was ich tun würde, um den Fall Chet Jones abzuschließen. Erstens würde ich zum ILWU-Gebäude rübergehen und die Informationen übergeben, die ich über ein paar von Duffys Reinerhaltungsliga-Leuten hatte, die in der Pacific-Werft arbeiteten. Ich würde ihnen auch von einem Polizisten namens Watt erzählen. Ich würde ihnen erzählen, daß er tot war, daß seine Bosse aber noch lebten. Ich würde ihnen erzählen, daß Polizeihauptwachtmeister Schultz und der stellvertretende Staatsanwalt Cane hinter allem standen. Schultz war mit Sicherheit über Watt mit der Reinerhaltungs-Liga verstrickt, und ich würde 100 : 1 wetten, daß er Watt und dessen Kumpel aufgefordert hatte, den Mord an Chet Jones zu planen. Die Begleichung einer alten Rechnung aus der Zeit des Krieges war das Motiv. Das und die Entschlossenheit eines Rassenfanatikers, „das Spiel des weißen Mannes" zu schützen.

Canes Rolle hatte darin bestanden, die ganze Sache unter den Teppich zu kehren, und es wäre ihm auch gelungen, wenn ich nicht mit Luke Cornell gesprochen und sowohl Watt als auch Schultz mit Chet Jones und der Meuterei auf Mare Island in Verbindung gebracht hätte. Canes Motive waren anders als die von Schultz, aber sie waren genauso persönlich. Er mußte Schultz schützen, der eine Schlüsselfigur auf seinem Weg in das Amt des Bürgermeisters war. Schultz hatte den Rausschmiß von Polizeichef Grogan initiiert, was den Weg für den stellvertretenden Staatsanwalt freimachte. Eine kleine Sache wie einen Mord zu vertuschen war als Preis nicht zu hoch, um eine gutgeplante politische Karriere zu retten. Es waren sogar zwei Morde. Als es so aussah, daß ich Watt auf der Spur sei, ließ Cane ihn umlegen, um ihn daran zu hindern zu singen und Schultz in Verdacht zu bringen, der Canes Kandidat für den Ersatz von Grogan war.

Mord und Bestechung. Es war offensichtlich, daß Cane seine Freunde in der Pacific-Werft dazu gebracht hatte, etwas Schweigegeld herauszurücken, um Ruby Jones verstummen zu lassen.

Mit all diesen Informationen in ihrem Besitz würde die ILWU genug Material haben, um zumindest eine Untersuchung der Todesursache in der Pacific-Werft in Gang zu bringen. Was sie bezüglich Schultz und Cane würden unternehmen können, würde sich erst mit der Zeit erweisen. Hoffentlich nach einer nicht allzu langen Zeit. Ehrliche Leute haben schon lange genug darauf gewartet, mit den Schultzes und Canes der Welt abzurechnen.

Nachdem ich dann mit den Schauern geredet hatte, würde ich zu Ruby Jones zurückgehen und versuchen, ihr das alles zu erklären. Ich würde ihr erzählen, warum ihr Mann gestorben war. Ich würde ihr auch sagen, daß, falls es nicht zu einer gigantischen Vertuschung durch die Polizei und das Büro des Staatsanwaltes kommen werde - und ich würde ihr sagen, daß das durchaus möglich war -, sie sich darauf einstellen könnte, daß die Werft eine ganze Menge mehr Geld für ihre Unfallrente bezahlen muß.

Nicht gerade sehr ordentlich - der Abschluß dieses Falles -, aber so sieht's halt bei den meisten aus. Wenn die Gewerkschaft sich bei der Rechtsfindung wie eine Bulldogge durch nichts abbringen läßt und wenn Ruby Jones und ihre Kinder versorgt werden, dann könnte der Fall doch noch ein gutes Ende haben.

Gerechtigkeit in Rassenfragen war etwas anderes. Wie lange wird Amerika noch von Jim Crow und seinen Kumpanen aus der Short Stop Bar bis hin zum Weißen Haus regiert? Das konnte ich nicht beantworten. Das jedenfalls ist eine Geschichte, die kein gutes Ende nehmen wird. Jedenfalls nicht heute. Nicht im Oktober 1947. Aber auf der anderen Seite hatte Jackie Robinson in diesem gleichen Jahr die Rassenschranke durchbrochen und damit auch den professionellen Baseball angesteckt. Hatte 'ne Menge von Traditionen und alteingefahrenen Vorstellungen über vieles in Flammen aufgehen lassen. Er war aus der Oberliga nicht mehr herauszudenken, und weitere schwarze Baseballspieler würden ihm folgen. Und das zählte schon etwas. Vielleicht zählte es schon 'ne ganze Menge.

Ich bekam den Schmerz noch einmal unter Kontrolle und rollte mich aus dem Bett, zog mich an und kratzte mit dem Rasierer über meine Stoppeln. Ich hatte ja noch einiges zu erledigen. In der Küche nippte ich an meiner ersten Tasse Gebräu. Die Sonne sprühte zitronenfarbene Strahlen von Wärme durch das Fenster und auf mein Gesicht. Es fühlte sich gut an. Ich ging rüber zum Fenster, zog es hoch und trank in tiefen Zügen das Draußen ein. Der Himmel war blau, die Wolken weiß, und die Sonne stand hoch. Es war einer dieser Postkartentage, derentwegen Leute auf der Straße sich gegenseitig anhalten, um über das Wetter zu sprechen. Es war die Art von Tag, die selbst eigenbrötlerische, hartgesottene Detektive nicht einfach vorbeigehen lassen können.

Ich warf ein Stück Schweizer Käse und einen Apfel in eine Papiertüte und verließ das Haus. Da gab's doch diesen Felsen, der den Ozean bei Fort Funston überragt und der meine augenblickliche Gegenwart verlangte. Dort inmitten des dicken und üppigen Strandgrases würde ich dasitzen und den Himmel betrachten. Die Gerechtigkeit würde nichts dagegen haben, noch eine Stunde zu warten.

Neue Krimi-Kultur in puncto Inhalt & Aussehen

Das Erstlingswerk des jungen US-Autors brilliert durch seine schnoddrig-perfekte Sprache, seine gut recherchierte Atmosphäre und gelungene Darsteller. Ein Actionkrimi der gehobenen Klasse, der an die "Schwarze Serie" jener Zeit erinnert. — Vorzügliche Unterhaltung. (Jürgen Seefeldt)

Judith Cooks Roman verbindet ernsthafte, politische Aussagen mit einem aufrichtigen Thriller, ohne dabei die Wichtigkeit der Aussagen aus den Augen zu verlieren oder das Tempo der Erzählung zu verzögern. (Tribüne)

Bevor Kate den Fall dann doch noch fest in den Griff bekommt und ein Finale veranstaltet wie weiland Hercule Poirot im Orientexpreß, hetzt sie mit hängender Zunge durch das moderne London von Müsli, Marx und 2 CVs.
(Michael Czernich in: Playboy)

Alle Bände sind gebunden, schön ausgestattet mit Lesebändchen, und kosten 19,80 DM

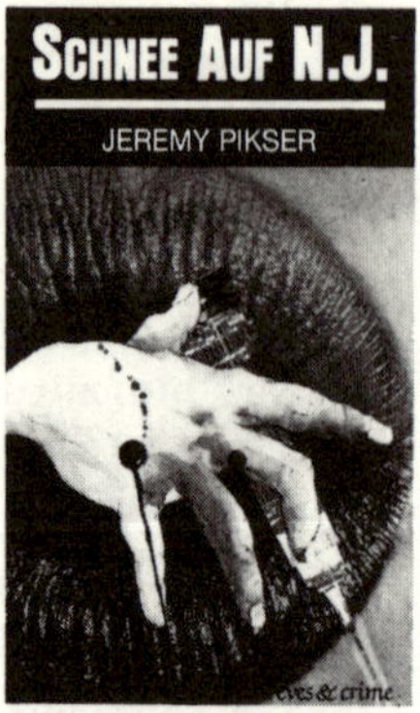

. . . Pikser ist sehr gut, schlagfertig und witzig, mit einer fast Chandlerischen Würze in seinem Stil. (Maj Sjöwall)

Der spannende Thriller spielt vor dem realistischen Hintergrund Nordirlands und bezieht seinen besonderen Reiz daraus, daß auch die "Operation Emerald", eine protestantische Untergrundgruppe, sich dem komplizierten System von Verfeindung einerseits und Verflechtung andererseits der beiden Bevölkerungsgruppen nicht entziehen kann.

trèves & crime

éditions trèves
Postfach 1550
5500 Trier 1

trèves & crime

John Shannon
Entschlüsselt
ca. 320 Seiten
ISBN
3-88081-207-1
Schöne
Ausstattung,
Hardcover mit
Lese-
bändchen
DM 24,80

Washington. Innerhalb des amerikanischen Geheimdienstes CIA gibt es einen verdeckten Kampf zwischen zwei Abteilungen: die neue Abteilung Office of Economic Analysis will die alte Research-Abteilung, die immerhin noch ein Büro in London hat, beseitigen. Zu diesem Zweck wurde folgender Plan ausgearbeitet: Durch eine gezielte Falschinformation soll die alte Research-Abteilung den Eindruck bekommen, daß einige europäische Staaten die Rückkehr zum Goldstandard wünschen und hierfür Gold von der Sowjetunion aufkaufen. Sobald die Research-Abteilung diese Nachricht weiterleitet, soll sie als Falschinformation entlarvt und somit die ganze Abteilung diskreditiert werden.
In London wird eine erste falsche Fährte gelegt, die Research-Abteilung beißt an und bemüht sich, den früheren Doppelagenten Jeffrey Sloane für die Aufklärungsarbeit zu reaktivieren. Während er seine Fäden zur sowjetischen Botschaft knüpft, erfährt die Analysis-Abteilung zufällig, daß Frankreich systematisch Gold von der Sowjetunion aufkauft und die westeuropäischen Staaten tatsächlich eine Rückkehr zum Goldstandard erwägen. Die Arbeit der alten Abteilung droht also unerwartet erfolgreich zu werden. Die Polizei und ein Killer werden auf Sloane angesetzt ...